www.rsk-krimi.de

Mord in Eitorf

Der Heubrand

AF236134

Rhein-Sieg-Kreis Krimi

Mord in Eitorf

Der Heubrand

Der neunte Fall der Kommissarin Thekla Sommer

© **Kersten Wächtler**

www.rsk-krimi.de

Bibliografische Information der Deutschen Nationalbibliothek:

Die Deutsche Nationalbibliothek verzeichnet diese Publikation in der Deutschen Nationalbibliografie; detaillierte Daten sind im Internet über

http://dnb.dnb.de

abrufbar

2.Auflage

Erschienen 02/2021

Copyright © 2021 Kersten Wächtler

Coverbild: Alwin Müller, Heimatverein Eitorf

Herstellung und Verlag: BoD – Books on Demand, Norderstedt

ISBN: 9783752611007

5

Dieses Buch widme ich dem "Heimatverein Eitorf" für sein Engagement hinsichtlich der Erhaltung heimatlichen Brauchtums und kultureller Weiterentwicklung.

Kersten Wächtler

Alle Personen und Tathergänge sind frei erfunden.

Ähnlichkeiten mit lebenden oder toten Personen sind rein zufällig

Es waren einige Stunden nach Mitternacht. Die meisten Menschen hatten bei der Hitze der vergangenen Julitage kaum schlafen können. Dank des kühlenden Windes, der von den "vier Winden" herunterwehte, holte sich der Körper nun die ruhende Entspannung die er brauchte bis plötzlich die Feuerwehrsirenen in Eitorf und Mühleip losheulten. Die Feuerwehrleitstelle in Siegburg hatte Alarm ausgelöst und die entsprechenden Kollegen auch aus Keuenhof, Büsch und Mierscheid per Funksignal informiert. Ein Autofahrer hatte sie über Handy informiert, dass auf einem Feld zwischen Mühleip und Mierscheid nahe der L86 ein großes Feuer gesehen wurde. Dort brannten laut Anrufer mehrere Ballen Heu eines aufgestapelten Heuballenberges. Die Feuerwehren der Löscheinheit Eitorf-Mitte und der Löscheinheit Eitorf-Süd waren zwar rasch vor Ort, dennoch waren die Flammen bereits auf etwa siebzig Prozent aller Ballen übergegriffen. Der erfahrene Einsatzleiter Friedhelm

Norg, der mit dem Besitzer dieses Feldes befreundet war, schätzte, dass etwa eintausendzweihundert Ballen Heu darauf gewartet hatten, in den nächsten Tagen eingefahren zu werden. Zunächst wurden Löschversuche mit C-Rohren von allen Seiten unternommen sowie auch Schaum eingesetzt, um die Oberflächenspannung zu reduzieren. Nun jedoch entschied er, das Löschen einzustellen und das Heu kontrolliert abbrennen zu lassen. Der Trupp der Löschgruppe Mitte wurde in sein Depot geschickt und die Löschgruppe Süd sollte einen Wassernebel auf der Seite der Brandstelle legen, um so Funkenflug zur Hauptverkehrsstraße bis hinunter nach Eitorf und auf der anderen Seite zu dem nahegelegenen Baumbestand eines kleinen Wäldchen zu verhindern. Die erhebliche Wassermenge wurde mittels einer Tauchpumpe aus dem am Rande des Grundstücks verlaufenden Eipbach abgepumpt. Ein Bach, der hinunter nach Eitorf fließt und dann in die Sieg mündet. Dieser zehn Kilometer lange Bach war einst namensgebend für Eitorf, welches damals Eipdorf hieß. Bereits beim Eintreffen der Wehren, bemerkten die Männer einen süßlichen Geruch in der Luft, den sie aber ausgefahrener Gülle auf den weiten

8

Feldern zuordneten. Nachdem der Brand in den frühen Morgenstunden soweit erloschen war, dass ein Bauer, der einige hundert Meter entfernt wohnte, jedoch nicht Eigentümer des Heus war, die Glutnester mit seinem "John Deere Traktor" auseinanderzog, erstarrte er im Führerhaus. Den noch arbeitenden Feuerwehrmännern, die nun schon seit einigen Stunden vor Ort waren, zeigte er, nachdem er sie durch Hupen aufmerksam gemacht hatte, auf den rechten Rand des verbrannten Heus. Die fleißigen Helfer gingen mit ihrem C-Schlauch, der das Löschwasser aus dem Eipbach führte, in die angedeutete Richtung, da sie glaubten der Landwirt wolle sie auf noch vorhandene Glutnester aufmerksam machen, doch den hartgesottenen jungen Männern, die teilweise in den umliegenden Junggesellenvereinen als Anführer galten, stockte der Atem.

*

Lisa öffnete die Augen. Es dauerte eine Weile bis sie realisierte, dass sie sich im eigenen Bett befand und dass ihr Handy sie aus ihren, ach so entspannenden Träumen,

9

gerissen hatte. Sofort spürte sie wieder die Hitze, die sich in den letzten Tagen mit fast unerträglichen Temperaturen gebildet hatte und die sich nur sehr zögerlich wieder aus den aufgeheizten Räumen zurückziehen würde. Lisa war noch wie in einer wundervollen Trance, da sie geträumt hatte, sie wäre in einem türkischen Hamam, einem Wellnesstempel, dessen großzügige Innenräume mit hellem Marmor ausgestattet waren. Nach einer ausgiebigen Schaummassage, durchgeführt von Masseurinnen, die nur mit einem Leinentuch um die Hüften bekleidet waren, lag sie in einem der drei Whirlpools, die mit lauwarmem Wasser gefüllt waren. Die Luft war geschwängert mit Rosenduft, obwohl in dem Wasser in dem sie lag, ein Zusatz von Mandelmilch enthalten war. In den anderen im Raum befindlichen Whirlpools hielten sich zwei junge Frauen, vielleicht so Mitte zwanzig auf, die durch ihre grazilen Körper auffielen. Lisa genoss diesen traumhaften Anblick sehr, da sie im realen Leben sowohl dem männlichen, als auch dem weiblichen Geschlecht zugeneigt war. Die innere Zufriedenheit und Entspanntheit wurde allerdings abrupt beendet, als das Handy sie aus dem Traum riss.

Lisa, die natürlich bei den draußen herrschenden Temperaturen vollkommen nackt und ohne Decke geschlafen hatte, rollte sich aus dem Bett. Dabei fiel der hautfarbene, latexüberzogene und biegsame Lustspender, der ihr in der Nacht die nötige Entspannung gebracht hatte um endlich einschlafen zu können, auf den Teppichboden. Lisa erschrak etwas, musste aber sofort grinsen, als sie sah, was da zu Boden gefallen war.

»Lisa Drollig, guten Morgen«, meldete sie sich mit nur einem geöffneten Auge, da das andere anscheinend immer noch schlafen und den schönen Traum nicht verlassen wollte.

»Morgen Lisa«, meldete sich Robert, »habe ich Dich aus dem Bett geschmissen? Tut mir echt nicht leid«. So und nicht anders kannte sie ihren Kollegen Robert Hanf, Kriminalkommissar aus Siegburg und in der gleichen Dienstgruppe der Mordkommission, wie Lisa. »Wir haben einen neuen Fall und Thekla bat mich darum, Dir schon einmal Bescheid zu geben. Sie selber steht gerade unter der Dusche. Vielleicht gehst Du auch schnell duschen meinte er rasch und kommst dann ins Präsidium. Wir

11

treffen uns dort und fahren gemeinsam als Team zur Einsatzstelle«.

Lisa schaute auf die digitale Wanduhr. Sechs Uhr dreiundzwanzig. »Was ist denn passiert? «, fragte sie, »Du hast mir noch nichts über den Fall erzählt«.

»Okay, ich beeile mich«, sagte Lisa immer noch im Halbschlaf. »Bis gleich«. Dann schlich sie sich ins Badezimmer um unter der kalten Dusche ihre Lebensgeister zu wecken.

*

Thekla Sommer, die Leiterin der Dienstgruppe II der Mordkommission Siegburg sah, dass Peter Ludwig, der vierte in ihrem Team bereits vor dem Polizeipräsidium wartete. Sie bat ihn, auf dem Rücksitz Platz zu nehmen. »Wir fahren schon los. Lisa kann mit einem Dienstwagen nachkommen. Robert, - schick ihr bitte die Daten zum Tatort aufs Handy«.

Kurz vor dem Eintreffen am Tatort, sah Thekla im Rückspiegel ihres Wagens, dass Lisa hinter ihr fuhr.

»Da hat sie sich aber mit dem Duschen beeilt«, sagte sie zu Robert, mit dem sie seit einiger Zeit zusammenlebte, nachdem sie sich ineinander verliebt hatten. Nach einem Wasserrohrbruch in Roberts Wohnung hatten die Beiden beschlossen, dass er zu ihr ziehen sollte, statt sich eine Wohnung irgendwo in Siegburg zu suchen und dort teure Miete zu zahlen. So teilten sie sich die Miete für das kleine Einfamilienreihenhaus in Siegburg-Stallberg, das nahe dem TÜV Gebäude lag.

Robert drehte sich auf dem Beifahrersitz um. »Ganz schön abgehetzt sieht sie aus. Ich finde, sie ist schon eine Bereicherung für unser Team. Dass Alfred Bollenkamp als Leiter aller Dienstgruppen der Mordkommission, ihr nach der Zeit als Kommissar Anwärterin, die frei gewordene Planstelle gegeben hatte, war die richtige Entscheidung«. Er winkte Lisa durch die Rückscheibe zu.

»Das ist gar keine Frage. Lisa passt absolut gut ins Team, nicht nur fachlich, sondern auch menschlich und charakterlich. Wer sonst wäre mit Deinem oftmals sarkastischen Humor so schnell klargekommen«.

»Das liegt wahrscheinlich daran, dass in diesem kleinen noch unverdorbenen Biest auch Anlagen zu Sarkasmus verborgen liegen, neben ihren Anlagen des gleichgeschlechtlichen Liebeslebens«.

»Robert«, Thekla boxte mit ihrer rechten Faust gegen Roberts Knie, »wie oft habe ich Dir schon gesagt, dass Dich das nichts angeht. Bitte, zieh Lisa nicht immer deshalb auf. «

Sie waren am Ziel angekommen. Auf dem großen Feld war ein riesiger Bereich mit rot-weißem Flatterband rund um den Auffindeort der Leichen abgesperrt. Thekla und Robert stiegen aus dem Dienstwagen, den Thekla nur widerwillig gefahren war, aber ihr geliebter Twingo hatte den Inspektionstermin schon längere Zeit überschritten und Robert drängte darauf, dem Wagen etwas Gutes zu tun. Schließlich wollte Thekla den kleinen hellgrünen Flitzer noch viele Jahre fahren. Als Lisa ihren Dienstwagen nahe hinter den Wagen von Thekla abstellte, ging sie in Richtung ihres Kollegen Peter Ludwig.

14

»Guten Morgen«, rief er schon von weitem, »was für ein herrlicher Tag es doch ist. Schau Dir doch nur diesen azurblauen Himmel und das tolle Licht an. Es wäre das ideale Licht zum Fotografieren«. Peter war ein sehr naturverbundener Kollege, der mit seiner Frau sehr viel durch die Natur wanderte, gerade auch um Siegburg herum bis in die Wahner Heide. Er liebte es, die Schönheiten der einzelnen Pflanzen aber auch seine Frau und seine heranwachsende Tochter, die kurz vor dem Abitur stand, zu fotografieren.

Gemeinsam gingen die Kriminalbeamten auf das Feld in Richtung des Brandortes.

»Halt«, rief der Leiter der Spurensicherung, der genau wie seine Kollegen einen weißen Einmaloverall trug, »dort sind Reifenspuren, die noch nicht gesichert sind«.

»Schaut Euch mal hier um«, meinte Robert zu Thekla und den anderen, »hier sind überall Reifenspuren, - wahrscheinlich von den Löschfahrzeugen«.

»Aber auch schmalere Spuren«, meinte Lisa, »die nicht von einem LKW sein können. Diese Spuren müssen von einem PKW stammen«.

15

»Genau richtig werte Kollegin, sehr gut erkannt.
Genau diese Spuren meinte ich, die noch gesichert
werden müssen«, sagte der Leiter der Spusi, der
herangeeilt war. Lisa drehte sich in Richtung Robert,
runzelte die Stirn und zog eine krause Nase und eine
Schweineeschnute, so als wolle sie ihn foppen. »Und
Dich habe ich eben noch gelobt«, flüsterte er Lisa zu.

»Könnt Ihr schon was sagen? « fragte Thekla den
Ermittler, der vor ihr stand.

»Eine männliche und eine weibliche Leiche, bis aufs
Skelett verbrannt«.

»Möglicherweise ein Liebespaar? «, fragte Thekla.

Der Kollege im weißen Overall wiegte seinen Kopf hin
und her, als er zunächst mit zusammengekniffenen Lippen
antwortete: »Eher nicht, - erstens müssen die Körper von
Heuballen verdeckt gewesen sein, das zeigt die Intensität
der Verbrennung und zweitens zeigen beide Schädel in
der Mitte des Stirnbeins je ein Einschussloch. Ein
Projektil konnten wir sicherstellen. Es war im hinteren
Schädelbereich steckengeblieben«.

»Dann kannst Du auch keinen Todeszeitpunkt bestimmen?« fragte Thekla.

»Das können wir ohne forensische Untersuchung der Gerichtsmedizin auf gar keinen Fall. Ob die es mit Laboranalyse noch hinbekommen ist allerdings auch fraglich«.

»Danke Dir« meinte Thekla und drehte sich zu ihrem Team, als der Ermittler zur weiteren Spurensuche zu seinen Kollegen ging.

»Das wird mal wieder nicht einfach werden«, meinte Thekla zu den Kollegen der Dienstgruppe.

»Einfach wäre doch auch zu einfach«, grinste Robert.

*

Der Bauernhof am Rande von Eitorf-Halft zwischen Baleroth und Kehlenbach gelegen, war einst als Aussiedlerhof angelegt und wurde nun von Jens und Tobias Walheim bewirtschaftet. Thekla lenkte den Dienstwagen über die Probacher Straße und fuhr dann die Balerother Straße hoch, um nach rechts hinter dem Ortsausgang von Halft abzubiegen. Das Anwesen glich von außen eher einem modernen Industriebetrieb, als einem Bauernhof. Es standen drei Hochsilos, wie es schien aus Edelstahl sowie eine riesige aus Steinen gemauerte Halle, eine Nebenhalle, teils aus Holz und ein Wohnhaus, in dem Platz für drei große Familien war. Thekla parkte den Wagen, als sie vom Falkenhofweg in den weiträumigen Innenhof des Geländes einbog. Zwei riesige Traktoren, ein "Krone Maishäcksler" und ein "Claas Lexion Mähdrescher" standen rechts vom Wohnhaus unter einem riesigen, an ein Carport erinnerndes, Dach. Daneben waren mehrere Wohncontainer abgestellt, welche wahrscheinlich Saisonarbeitern als Unterkunft dienten.

»Hier herrscht das Kapital«, meinte Robert, der neben Thekla saß. Die Beiden wollten eruieren, wem das Heu gehörte, das in der Nacht auf der anderen Seite Eitorfs, abgebrannt war. Diese Adresse wurde ihnen von Friedhelm Norg, dem Brandmeister und Einsatzleiter des nächtlichen Einsatzes genannt. Er erzählte, dass diesem Landwirt die Agrarflächen rund um Halft bis zum Ortseingang von Eitorf gehören würden. Auch die

Heuballen, die an der L86 abgebrannt waren, lagen auf dem Eigentum des Landwirtes.

Robert klingelte an der Haustüre des herrschaftlich wirkenden Gebäudes. Ein etwa zwei Meter großer, muskelbepackter Mann, öffnete die Haustüre.

»Ja? «, fragte er sehr kurz angebunden.

»Guten Morgen«, fing Thekla sofort, wie immer sehr freundlich, an, »sind Sie der Herr Walheim? Tobias Walheim? «

»Wer will das denn wissen? « fragte der Mann recht unfreundlich zurück.

Robert mischte sich ein, »Kriminalpolizei Siegburg«, sagte er und hielt seinen Dienstausweis hoch. »Robert Hanf, - das hier ist meine Kollegin Thekla Sommer. Also, - sind Sie Tobias Walheim? «

»Nein, - ich bin der Bruder, Jens Walheim«

»Wir möchten gerne Ihren Bruder sprechen. Ihm gehört doch der Bauernhof? « meinte Thekla.

»Der Hof gehört uns Beiden. Was hat er denn jetzt schon wieder angestellt? «

19

»Herr Walheim«, fuhr Thekla fort, »es geht um den Brand der Heuballen auf ihrem Feld zwischen Mühleip und Mierscheid, heute Nacht… «

»Ja, - und, - mein Bruder ist gerade jetzt auf dem Weg dorthin um den Schaden zu begutachten und für die Versicherung zu fotografieren. Wir sind gegen so etwas versichert«.

»Die Männer der Feuerwehr sagten uns, Sie seien heute Nacht gar nicht am Brandort gewesen? « stellte Thekla die Frage in den Raum.

»Wie ich schon sagte, dagegen sind wir versichert. Was sollen wir denn dann am Brandort? Wir hätten dort nichts unternehmen können. Aber wieso sind Sie jetzt hier. Seit wann interessiert sich die Kriminalpolizei für so etwas? «

»Könnten wir vielleicht Weiteres im Inneren des Hauses besprechen? « fragte Thekla.

»Warum? « fragte Herr Walheim so, als hätte er etwas zu verbergen, »sagen Sie mir doch erst, warum Sie hier sind«.

Robert wurde es zu bunt.

»So, Herr Walheim«, sagte er mit kräftiger Stimme, »auf Ihrem Grundstück unter Ihren verbrannten Heuballen sind zwei verkohlte Leichen gefunden worden, die beide eindeutig erschossen worden sind. Ist das Grund genug, mit uns zu sprechen? «

Herr Walheim erschrak und trat zwei Schritte zurück, wobei er die Türe nun weit öffnete und freien Zutritt ins Haus bot.

»Um Gottes Willen, wer sind die Toten? Dann können wir ja im Moment gar nichts an dem Feld machen? Ich meine den Schutt entfernen und das Feld pflügen, für die neue Saat«.

»Das wird sicherlich noch einige Zeit dauern«, meinte Thekla, »wir sehen das Feld als möglichen Tatort eines Mordes oder zumindest des Ortes einer naheliegenden Vertuschungstat an. Deshalb ist das Feld mit rot-weißem Flatterband umsteckt und vorläufig polizeilich beschlagnahmt.

Herr Walheim führte die Beamten durch die Diele in den angrenzenden Frühstücksraum, der sich an die offene

Küche anschloss. Hier war gerade eine Frau dabei, den Frühstückstisch abzuräumen.

»Guten Morgen«, begrüßte Thekla die Dame und an Herrn Walheim gewandt fragte sie, »Ihre Frau? «

Der Zweimeter Mann schüttelte den Kopf. »Das ist Gisela, - die Frau meines Bruders«. Er setzte sich auf die robuste Eckbank und deutete den Beamten an, auf den Stühlen Platz zu nehmen.

»Ist Ihre Frau nicht im Haus? « fragte Thekla. Sie glaubte den blassen Abdruck eines Eherings am Finger des Mannes gesehen zu haben.

»Die habe ich vor vier Wochen rausgeschmissen. Wissen Sie? Unsere Mutter ist vor vier Wochen mit dreiundneunzig Jahren verstorben. Sie war seit dreizehn Jahren nach einem Schlaganfall gelähmt und auf ständige Hilfe angewiesen. Für uns Jungs war es selbstverständlich, die Mutter im Haus zu halten, zu pflegen und es ihr für den Rest ihres Lebens schön zu gestalten. Also stellten wir eine Pflegerin ein, die nur für die Mutter da sein sollte. Eine Agentur vermittelte uns eine russische Pflegekraft namens Magda. Nach einigen

Jahren verliebte ich mich in die Frau, der wir oben im Haus ein Appartement eingerichtet hatten. Als sie nach kurzer Zeit schwanger wurde, heirateten wir. Angeblich hat sie am Tag der Hochzeit vom vielen Tanzen das Kind verloren, aber gut das ist was anderes. Magda kümmerte sich immer weniger um unsere Mutter und überließ meiner Schwägerin und dem mobilen Pflegedienst nun mehr und mehr die Arbeit, für die sie eigentlich eingestellt worden war. Angeblich hatte sie von der Pflegetätigkeit starke Rückenschmerzen bekommen. Als meine Mutter vor zwei Wochen verstarb, meinte Magda, wir hätten jetzt Platz genug, ihre Schwester und ihre Mutter nach Deutschland zu holen und in unserem Haus wohnen zu lassen. Da ist mir der Kragen geplatzt und nachdem wir hier vor meinem Bruder und meiner Schwägerin gestritten hatten, hatte ich ihr eine Frist von zwei Stunden gesetzt, ihre Sachen zu packen und das Haus zu verlassen. Ansonsten hätte ich oben die Fenster geöffnet und ihre Klamotten im hohen Bogen aus dem Fenster geworfen. Zwei Stunden später zog sie die Türe hinter sich zu und war weg«.

»Wo ist sie hingezogen? « wollte Robert wissen, der sich Stichpunkte notiert hatte.

Herr Walheim zuckte mit den Achseln, als er sagte: »Weiß ich nicht und es ist mir auch ziemlich egal«.

»Sie wird sich doch gemeldet haben? « meinte Thekla, »wegen des Unterhaltsgeldes«.

»Unterhalt? fragte der Mann ziemlich erzürnt, »das wird erst gezahlt, wenn die Scheidung beantragt ist. Das will ich in den nächsten beiden Wochen machen. Einen Termin beim Anwalt habe ich schon«.

»Wo waren Sie denn letzte Nacht? « fragte Robert.

Herr Walheim richtete sich im Sitzen auf und versteifte seinen Rücken. »Na hier oben in meiner Wohnung. Was soll die Frage? «

»Und Ihr Bruder? « wollte Thekla wissen.

Jens Walheim blickte hinüber zu seiner Schwägerin und fragte: »Gisela, hast Du das gehört? Jetzt werden wir verdächtigt, unser eigenes Heu angezündet zu haben«.

Aus dem Küchenbereich rief Frau Walheim: »Tobias und ich waren den ganzen Abend hier im Wohnzimmer, bis wir, gegen ein Uhr ins Bett gegangen sind. Als der Anruf kam, unser Heu würde brennen, wollte er zunächst dorthin fahren, aber mein Schwager kam aus seiner Wohnung runter und meinte, man könne auch noch am heutigen Morgen dorthin fahren. Danach legten wir uns wieder ins Bett«.

»Und Sie? «, fragte Thekla.

»Ich bin dann auch wieder nach oben, habe mich ausgezogen und wieder hingelegt«, meinte Herr Walheim.

Thekla erhob sich von ihrem Stuhl.

»Das war es erstmal. Vielen Dank für die Zeit, die Sie sich genommen haben. Sie bekommen Bescheid, wenn das Feld wieder freigegeben worden ist«.

»Wollen Sie nicht noch einen Kaffee trinken? Gisela hat doch gerade frischen Kaffee aufgeschüttet«

Robert freute sich bereits und begann leicht mit seinem Kopf zu nicken, aber Thekla lehnte dankend ab.

»Wir haben noch viel zu tun«, sagte sie und war bereits auf dem Weg zur Haustüre. Dort angekommen, wurde diese gerade von außen aufgeschlossen. Herr Tobias

Walheim, der Bruder von Jens kam herein und fragte: »Wer steht denn da so blöd mit seinem Wagen in der Einfahrt? « Dann sah er den Besuch, der neben seinem Bruder stand.

»Kriminalpolizei«, sagte dieser nur und zeigte auf die beiden Ermittler.

»Wegen den Toten im Heu? « fragte Tobias, »das Feld ist abgesperrt und ganz Mühleip spricht schon von den verbrannten Leichen«.

»Komm rein«, Jens Walheim zog seinen Bruder am Arm, vorbei an Robert und Thekla, »ich erzähl Dir alles«.

Kurz bevor die Haustüre geschlossen wurde, rief Robert: »Moment bitte, - ich habe da noch eine Frage. Wenn ich mich hier so umschaue, sehe ich Werte von bestimmt einer Million Euro. Läuft so ein Hof so gut? «

»Wir betreiben den Hof in der dritten Generation und haben vor etwa zehn Jahren einen höheren Betrag in unsere Maschinen investiert. Seit dieser Zeit kann man uns als Lohnarbeiter engagieren. Für viele kleinen Kollegen lohnt sich die Anschaffung solch teurer Maschinen nicht. Diese holen sich dann Lohnarbeiter, so wie uns. Wir haben Aufträge bis drüben hinter Buchholz zur A3 hin und bis hinter Windeck«, gab Jens Walheim stolz Auskunft.

»War das Heu in Eitorf auch so eine Lohnarbeit? fragte Robert interessiert.

Jens Walheim schüttelte den Kopf. »Nein, das war Heu von unseren Feldern. Da wir aber für unsere vierzig Kühe nicht so viel brauchen, verkaufen wir Heu an die Bauern im Umland. Das wird normalerweise dann hier bezahlt, auf dem Feld geladen und von den einzelnen Bauern zum Einlagern abgeholt«.

»Vielen Dank für Ihre Auskünfte. Sollten noch Fragen aufkommen, kommen wir noch einmal auf Sie zurück«, beendete Thekla den Besuch und ging mit Robert zum Dienstwagen.

*

Lisa Drollig hatte den Auftrag bekommen, sich bei der Feuerwehr Einsatzleitstelle in Siegburg, nach dem Melder

des nächtlichen Feuers zu erkundigen und dann bei
diesem nachzufragen, ob er irgendwelche sachdienliche
Beobachtungen gemacht hätte. Der Anrufer hatte seinen
Namen und Adresse bei der Meldung des Feuers genannt.

So war es Lisa erspart, über die übermittelte
Handynummer, den Anrufer ermitteln zu lassen. Sie fuhr
an die angegebene Adresse in Hennef-Uckerath. Dort in
der Lichstraße angekommen, klingelte sie an dem
Einfamilienhaus mit der Nummer siebenundzwanzig. Ein
Wagen stand nicht vor der Türe. Deshalb drehte sie sich
nach dreimaligem Klingeln wieder um, da keiner öffnete.
Lisa dachte es sei keiner zu Hause, doch ganz langsam
ging die Haustüre auf und ein kleines Mädchen, vielleicht
vier Jahre alt, öffnete die Haustüre. Lisa erschrak, da sie
dachte, die kleine sei alleine zu Hause.

»Hallo kleine Maus«, begrüßte Lisa das kleine
Mädchen und beugte sich zu ihr herunter, »sag mal, bist
Du alleine zu Hause? Dann darf man aber nicht so einfach
die Türe aufmachen. Es könnten böse Menschen hier
stehen und …«

»Anna? Wo bist Du? « hörte Lisa die Mutter der Kleinen im Haus rufen.

»Hallo«, rief Lisa laut, »wir sind hier an der Haustüre«.

Frau Klein kam die Kellertreppe hoch und war ganz erschrocken, dass die Haustüre aufstand und jemand Fremdes mit ihrer Tochter an der Tür stand.

»Was wollen Sie hier? « fragte Frau Klein erschrocken.

Lisa schmunzelte, als sie ihren Dienstausweis aus der Tasche holte und vorzeigte. »Lisa Drollig, Kripo Siegburg«, sagte sie, »das ist aber sehr gefährlich, wenn die Kleine hier jedem die Türe aufmacht«.

»Normalerweise bin ich auch immer bei ihr im Blickfeld aber ich musste schnell die Waschmaschine anstellen, deshalb habe ich sie auch nicht klingeln gehört. Außerdem ist normalerweise auch die Türkette vorgelegt«. Frau Klein zeigte auf die Kette, die am Türrahmen in Augenhöhe angebracht war.

»Das glaube ich Ihnen. Warum ich aber hier bin? Ich wollte eigentlich Ihren Mann sprechen. Er hatte heute

Nacht den Brand von Heuballen gemeldet. Dazu hätte ich noch einige Fragen«.

»Welche Fragen? Ich war mit im Auto, als mein Mann telefonierte. Wir waren in Eitorf auf einer Geburtstagsfeier bei Freunden und mein Mann hatte etwas getrunken. Deshalb bin ich gefahren, während mein Mann den Notruf getätigt hatte. Konnte man den Brand denn löschen? «

Lisa Drollig schüttelte ihren Kopf, »Leider nicht, aber was ich gerne wissen würde, haben Sie irgendetwas ungewöhnliches gesehen, als Sie an dem Feld vorbeigefahren sind? «

»Nein, gar nichts, ich musste mich ja auf die Straße konzentrieren. Es war doch stockdunkel. Wissen Sie? Ich fahre nachts nicht so gerne, da muss ich mich immer besonders konzentrieren. Aber außer dem Feuerschein auf dem Feld, habe ich nichts gesehen. Was mir nur aufgefallen war, es schien so, als würde der Heuquader an drei Ecken brennen, nur in der Mitte nicht«.

»Wie? « fragte Lisa, »an drei Ecken? «

»Na ja, - an allen Ecken loderten Flammen«.

»Klingt nach Brandstiftung«, dachte Lisa, eine interessante Beobachtung.

»Vielen Dank, Frau Klein. Das war es. Sie haben uns sehr geholfen. Sollte Ihnen noch etwas einfallen«, Lisa reichte Frau Klein ihre Visitenkarte, »rufen Sie bitte an«.

»Mach ich bestimmt, Dankeschön. Tschüss Frau Drollig«. Frau Klein schmunzelte und dachte insgeheim, als sie die Türe geschlossen und die Türkette eingehangen hatte, »Was für ein drolliger Name«.

*

Lisa fuhr auf der B8 von Uckerath in Richtung Kircheib, um an den "vier Winden" auf die L86 in Richtung Eitorf zu wechseln. Sie wollte ihren Kollegen, Peter Ludwig bei der Befragung der umliegenden Ortschaften, die an das Feld grenzen, unterstützen. An dem Parkplatz, der auf der linken Straßenseite hinter Mühleip liegt, hielt sie an, um sich mit Peter abzustimmen. Dieser sagte ihr, dass er in Mühleip auf der Talstrasse und dann in Keuenhof auf der Höhbergstraße mit der Befragung begonnen hätte. Die Beiden verabredeten, dass Lisa in Mierscheid und dann in

Lascheid mit der Befragung, ob jemand etwas bemerkt hätte, beginnen würde. Man würde sich dann in Obenroth, an der Hofwiese treffen.

Knapp zwei Stunden später, traf man sich am vereinbarten Treffpunkt. Peter Ludwig hatte schon drei Zigaretten geraucht und schien ungeduldig.

»Die Befragungen der Anwohner scheinen hier bei der ländlichen Bevölkerung etwas länger zu dauern, als gewohnt«, meinte Lisa, als sie aus dem Auto stieg.

Peter nickte und meinte, »ja, - ich weiß jetzt einiges über Eitorf, nur habe ich keinen konkreten Hinweis auf den Brand bekommen. Mir ist zum Beispiel erzählt worden, dass in Eitorf der legendäre Nationalspieler Hannes Löhr, der mit dem FC Köln im Jahre 1978 Deutscher Meister wurde und in seiner Karriere beim FC einhundertsechsundsechzig Tore schoss, gewohnt hat. Weiterhin weiß ich jetzt, dass es hier in der Gegend in den siebziger Jahren zwei Bordelle gegeben haben soll, eines mit dem Namen "Moulin Rouge" und eines in dessen Umfeld sogar Dollarblüten hergestellt und vertrieben worden seien«.

Lisa erzählte, ihr sei hinter vorgehaltener Hand erzählt worden, dass es im Zentrum Eitorfs ein "Theater am Park" geben soll, welches einst als Hitlerjugendheim genutzt wurde und nun geplant sei, dieses aufwändig zu renovieren und als Kulturzentrum zu nutzen.

»Ich glaube«, fügte Lisa abschließend hinzu, »der hiesige Menschenschlag ist froh, wenn etwas Abwechslung in ihren Alltag kommt. Deswegen erzählen sie auch viel über ihre heimatlichen Vorkommnisse«.

»Das ist vom Prinzip her ja auch nicht schlecht. Die Menschen identifizieren sich halt mit ihrer Heimat und dem sozial-kulturellem Leben«, meinte Peter. »Hast Du irgendwelche Erkenntnisse hinsichtlich der letzten Nacht bekommen? «, fragte er.

»Einer der Anwohner in Lascheid hatte, als er nachts aus seinem Kühlschrank noch eine Flasche Wasser holte, weil seine Frau ihn wegen der Hitze im Schlafzimmer darum gebeten hatte, einen Traktor gehört, der irgendwo entfernt fuhr. Da es aber keine Seltenheit ist, dass die Landwirte bis tief in die Nacht gerade bei oder nach der Heuernte arbeiten, hatte er dem keine Bedeutung beigemessen. Ob das Traktorengeräusch allerdings aus Richtung der später brennenden Heuballen kam, konnte er nicht mehr sagen«, meinte Lisa.

*

»Wir sollten uns mehr um das Umfeld der Walheimbrüder kümmern«, meinte Thekla bei der abendlich stattfindenden Fallbesprechung. Thekla legte sehr großen Wert darauf, dass alle Mitglieder ihres Teams am Abend immer auf den neuesten Stand der laufenden Ermittlungen gebracht wurden. »Was aber noch wichtiger ist, ist dass wir die Identität der Toten klären. Sybille«, Thekla schaute zu ihrer Kollegin, die ebenfalls an dem ovalen Tisch des Besprechungsraumes im Polizeipräsidium saß und die bis vor einiger Zeit ebenfalls zu Theklas Ermittlerteam zählte, bevor sie sich nach einem Dienstunfall, in den Innendienst versetzen ließ. Nun war sie für die administrativen Aufgaben einer Büroleitung, nebst Internetrecherchen und Telefonbefragungen zuständig, »kannst Du bitte morgen den Zahnärzten im Umkreis von zwanzig Kilometern um Eitorf herum, die Aufnahmen der Gebisse zukommen lassen, die wir von der Rechtsmedizin erhalten haben? Vielleicht finden wir so heraus, wer die Toten sind«.

Sybille Salz notierte sich den Arbeitsauftrag und quittierte diesen mit »selbstverständlich, - mache ich gerne«.

»Meine Anfrage bei der zentralen Vermisstenstelle des Rhein-Sieg-Kreises, bei der alle vermissten Personen zentral aus den jeweiligen Polizeidienststellen gemeldet werden, hat keine Erkenntnisse zu Personen im Alter zwischen zwanzig und sechzig Jahren aus der letzten Zeit ergeben. Diese Altersspanne wurde von den Kollegen der Rechtsmedizin genannt, als ich das ungefähre Alter der verbrannten Leichen erfragte. Jetzt kommt eine Mammutaufgabe an Euch, Lisa und Peter«. Thekla schaute in Richtung der Beiden und fügte lächelnd hinzu: »aber Ihr könnt Euch bei der extremen Hitze die gerade herrscht, gerne ab und zu in ein Eiscafé setzen. Ihr fahrt bitte alle achtundfünfzig Ortsteile Eitorfs ab und fragt nach, ob jemand der dort Wohnenden vermisst wird oder schon einige Zeit nicht mehr gesehen wurde. Es könnte sich um ein Paar handeln oder, was ich für wahrscheinlicher halte, um Personen die alleinstehend sind. Vielleicht erfahrt Ihr auch über wen geredet wird, dem man eine Liebschaft oder ein Verhältnis andichtet. Ihr werdet ganz bestimmt so manches hören, denn die Gerüchteküche brodelt unaufhörlich. Dennoch, - notiert bitte alles. Jeder noch so kleine Hinweis ist wichtig. Wir werden dann in der morgigen Fallbesprechung die Hinweise auswerten und vielleicht miteinander verknüpfen können«.

»Und was machen wir? « fragte Robert seine Herzdame, die er so liebte, dass er wirklich alles für sie machen würde, nicht nur mit ihr das Fitnessprogramm absolvieren, das sich Thekla selbst auferlegt hatte. Thekla lief nämlich täglich um den Michaelsberg über den bewaldeten Fußweg, der dort angelegt war, - sie ging auch einmal wöchentlich ins Training zum Kickboxen in einem Trainingscenter in Siegburg. Thekla war vor einiger Zeit von höchster polizeilicher Stelle, beim BKA empfohlen worden, als bei den Polizeipräsidien angefragt wurde, wer in eine neu zu gründende Sondereinheit des BKA, die aber den jeweiligen LKAs unterstellt sein solle, empfohlen werden könnte. Thekla schaffte ein mehrmonatiges Auswahlverfahren mit mehreren Tests und Prüfungen. Nun bereitete sie sich intensiv auf einen eventuell stattfindenden Abschlusstest vor, in dem Fitness, Kondition und Ausdauer geprüft würden. Schließlich würden die Kräfte der neuen Spezialeinheit, die aus je zwei Personen eines jeden Bundeslandes bestehen, beim Bundesgrenzschutz der GSG9, in Hangelar für Spezialeinsätze ausgebildet.

»Wir zwei werden in Eitorf Halft und den umliegenden Orten nach dem Leumund und den Gewohnheiten der Familie Walheim recherchieren«, meinte Thekla, den Blick auf Robert gerichtet.

Die Türe des Besprechungsraumes ging auf und Alfred Bollenkamp, Leiter aller drei Dienstgruppen der Mordkommission Siegburg, den alle nur Fred nannten, kam herein.

»Entschuldigung«, sagte er, als er sah, dass Thekla gerade in einer Besprechung war, »Du hattest nach mir gefragt? Ich hatte eben einen Termin bei Gericht. Was kann ich für Dich tun? «

»Gut dass Du kommst, Fred«, meinte Thekla, »wir haben hier gerade einen Fall der sehr personalintensiv sein wird. Eine Befragung in den achtundfünfzig Ortsteilen Eitorfs steht an. Lisa und Peter habe ich gerade dafür eingeteilt das durchzuführen. Allerdings ist bei dieser Masse an Haushalten personelle Hilfe von Nöten. Kannst Du Leute aus Deinen anderen Teams entbehren? «

Alfred Bollenkamp überlegte nicht lange. »Die Dienstgruppe I hat im Moment keinen akuten Fall zur Bearbeitung. Da die Gruppe vollzählig ist, können die fünf Mann Euch gerne unterstützen«.

»Du bist ein Schatz«, sagte Thekla erleichtert, »damit hilfst Du uns sehr. Am besten ist, wenn die Kollegen dann morgen früh hierhin kommen, damit wir die einzelnen Ortschaften zuteilen können«.

»So machen wir das«. Fred schloss die Türe und ging zur andern Dienstgruppe, um sie zu informieren.

*

Es war bereits kurz vor zehn Uhr, als David Sommer an seinem Laptop das Kommunikationstool "SKYPE" aufrief, um mit seiner Freundin Jana Kaminski zu sprechen. David war bei seiner Mutter Thekla vor einiger Zeit ausgezogen, weil er glaubte, bei seinem Vater und langjährigem Lebensgefährten von Thekla, mehr Freiheiten zu haben. Die mütterliche Fürsorge schien David letztendlich zu erdrücken. Es war aber auch die Nähe zu Jana, der Tochter der neuen Freundin seines Vaters, was David zu dem Umzug nach Siegburg Kaldauen veranlasste. Jana war mit ihrer Mutter in den Urlaub nach Norddeich gefahren, wo sie und David bereits voriges Jahr gemeinsam einige Nächte gemeinsam verbrachten. David war ihr damals gefolgt, als sie dort am Norddeich mit ihrem leiblichen Vater ebenfalls im Urlaub war. Jetzt hatten sie sich für zehn Uhr zum Skypen verabredet. Als die Verbindung hergestellt war, erschien Jana vollkommen nackt auf dem Bett der Ferienwohnung, in der sie mit ihrer Mutter den Urlaub verbrachte.

»Hey Süße, was machst Du denn da für Sachen? « fragte David erstaunt, als er seine braungebrannte Freundin sah. Schnell zog auch er sein Shirt und die Boxershorts aus, die bei der herrschenden Hitze sowieso überflüssig waren.

»Hallo Schatz, -ich wollte Dich überraschen. Ich habe so eine Sehnsucht nach Dir und wollte Dir einen schönen Anblick ermöglichen. Soll ich wieder was anziehen? « fragte Jana, in der Erwartung, eine verneinende Antwort zu hören.

»Wenn Du das tust, beende ich sofort die Verbindung«, protestierte David.

Jana begann sich auf dem Bett lasziv zu räkeln und David gefiel, was er sah. Sie unterhielten sich fast eine halbe Stunde über dass, was sie tagsüber erlebt hatten, bis David meinte, er müsse nun aber doch dringend zu Bett gehen, da er sehr müde sei.

*

Thekla und Robert hatten bereits am frühen Morgen Theklas lindgrünen Twingo aus der Werkstatt geholt. Sie waren überrascht, dass zur TÜV-Abnahme lediglich die Bremsbeläge und das letzte Auspuffrohr erneuert werden musste. Thekla liebte ihren Wagen und machte alle ihre Dienstfahrten mit dem kleinen Knuddel, wie sie ihn manchmal liebevoll nannte.

40

Erfreut meinte Robert: »Von dem Differenzbetrag zu dem, womit Du gerechnet hattest, können wir schön essen gehen«.

»Dass Du auch immer nur ans Essen denken musst, eine schöne Bluse oder eine neue Jeans könnte ich mir auch davon erlauben«, meinte Thekla lächelnd.

Sie befuhren von Hennef kommend die L333 in Richtung Eitorf, die sich entlang der Sieg vorbei an felsigen Wänden schlängelt. Thekla war bereits so in Gedanken mit dem Fall beschäftigt, dass sie die Geschwindigkeit nach der langen Geraden hinter der Ortseinfahrt nach Eitorf-Harmonie, nicht merklich verringerte und an dem dort aufgestellten Starenkasten geblitzt wurde.

»Da hast Du mal wieder im Anhörungsbogen zu erklären, dass wir uns auf einer Einsatzfahrt befanden, damit das Verwarnungsgeld nicht bezahlt werden muss. Du könntest Dir bei der Häufigkeit eigentlich ein entsprechendes Schreiben im PC abspeichern, was immer

nur um die Stelle des Messpunktes ergänzt werden muss«.
Robert schmunzelte.

»Was weißt Du eigentlich über Eitorf, fragte Thekla,
die so tat, als hätte sie Roberts Bemerkung überhört, sich
jedoch innerlich darüber ärgerte, die am rechten
Straßenrand aufgestellte Geschwindigkeitsmessstelle
übersehen zu haben.

»Eigentlich nicht viel«, entgegnete Robert, »ich kenne
die im ganzen Rheinland bekannte "Eitorfer Kirmes", die
am Wochenende vor dem letzten Dienstag eines Monats,
stattfindet und als größte Kirmes im Rhein-Sieg-Kreis
bezeichnet wird. Dann sind im ganzen Ortskern
zahlreiche Straßen gesperrt, weil sich dort viele
Schausteller mit ihren Losbuden, Fahrgeschäften und
Gastronomieständen platzieren. Auch einen großen
Plutermarkt, der sich über mehrere Straßen erstreckt, gibt
es dort. Seit vielen Jahren fahre ich dorthin, früher mit
den Eltern, später mit Freunden. Genauso tuen es jährlich
fast einhunderttausend andere Besucher«.

»Zu den Besuchern gehöre auch ich seit meiner
Kindheit. Schon bereits meine Eltern liebten die "Eitorfer

Kirmes", die soweit ich informiert bin, im Jahre 2000 zum achthundertfünfundfünfzigsten Mal stattfand«, nickte Thekla zustimmend.

»Ansonsten weiß ich von Eitorf noch, dass hier jährlich ein Kölner Veranstalter im März oder April, den zweitgrößten Kanuwettbewerb Deutschlands veranstaltet. Ich glaube einmal gelesen zu haben, dass am dritten Oktoberwochenende, ortsansässige Maler, Bildhauer und Musiker im Ortskern ihre Kunst im Rahmen eines gesonderten Events, anbieten«, beendete Robert sein Wissen über Eitorf. »Und Du? « fragte er.

»Ich kenne eigentlich nur das Union-Gestüt in Merten, dass zur Aufzucht und Pension von Vollblutpferden dient. Dort in der Nähe ist auch das Kloster, das ungefähr im Jahre 1160 erbaut wurde und zuletzt von den Augustinerinnen genutzt wurde. Heute soll in dem von einer Mauer umgebenen Anwesen, ein Alten- und Pflegeheim sein«, meinte Thekla.

Mittlerweile befuhren die Beiden die Bahnhofstraße, entlang dem Bahnhof und dem vorgelagerten Parkhaus.

»In dreihundert Metern nach links abbiegen«, tönte das Navigationsgerät, da die Beiden als Ziel, die Probacher Straße in Halft, eingegeben hatten.

»Ich glaube«, meinte Thekla, »es ist besser, wir gehen hier erst einmal ein Brötchen essen und einen Kaffee trinken. Da ich Dich kenne, fragst Du sonst bei einer unserer bevorstehenden Befragungen nach einer Tasse Kaffee, - sollte uns etwas zu trinken angeboten werden«.

»Da könntest Du durchaus Recht haben«, meinte Robert, der sich nun auf den Snack freute.

Thekla fuhr an der Ampel, nicht wie vom Navi gewünscht nach links in die Brückenstraße, in der auch die Buchhandlung Windrose ansässig ist, sondern sie fuhr nach rechts in Richtung Marktplatz, der als öffentlicher Parkplatz genutzt wurde und um den sich verschiedene Geschäfte, wie zum Beispiel die Marktapotheke oder auch das Café Gilgen, in dem die Beiden nun frühstücken gingen.

Nachdem sie ihre Bestellung abgegeben hatten, hörten sie, wie sich am Nebentisch bereits drei ältere Herren flüsternd über den Brand der Heuballen unterhielten.

44

Einer meinte, er hätte gehört, es seien dort sogar zwei Menschen verbrannt.

»Wahrscheinlich war das ein Liebespaar, die "danach" eine Zigarette geraucht haben und unvorsichtig mit den Kippen waren«, mutmaßte einer der Drei.

Thekla mischte sich nicht in das Gespräch ein, obwohl Robert sie anstupste und mit dem Kopf in Richtung des Nebentischs zeigte. Sie wollte sich nicht als Kriminalpolizei outen und der Gerüchteküche weitere Nahrung liefern. Als die Beiden bezahlt hatten und das Café verließen, schauten die drei Männer argwöhnisch hinterher, da "Fremde" im Ort oft für reichlich weiteren Gesprächsstoff sorgten, - gerade bei der älteren Generation. Thekla startete den Wagen und das Navi, leitete die Beiden über die Sieg in Richtung Kelteser Straße, die dann, als sie nach rechts gefahren waren, in die Probacher Straße überging. Hier waren die beiden Kriminalbeamten am Ziel, denn hier wollten sie nahe dem Aussiedlerhof der Wallheims, mit den Erkundigungen zu der Familie, beginnen.

*

Lisa Drollig, Peter Ludwig und die fünf Kollegen des anderen Teams, die der Dienstgruppe II für diesen Fall zugeteilt waren, hatten sich im Polizeipräsidium, anhand einer Landkarte der Gemeinde Eitorf, die Bereiche eingeteilt, in denen jeder von ihnen ermitteln würde. Die Vorgehensweise war die, dass die Ortschaften, die dem vermeintlichen Tatort am nächsten lagen, als erstes besucht würden und dann kreisförmig vorgehend, zur Gemeindegrenze hin, die jeweils nächsten Orte. Sie hatten die Arbeit bereits begonnen und klingelten an den ersten Haustüren, als etwas geschah, was keiner zu diesem Zeitpunkt ahnte, was aber die Ermittlungen ein ganzes Stück weiterbringen würde.

Herbert Bolan, ein Handelsvertreter für Bagger und andere große Baumaschinen, war bei einem seiner Kunden im Großraum Hennef und nun unterwegs zu einem Bauunternehmer in der Gemeinde Eitorf. Er hatte die Siegtalstrecke als Route gewählt, da er sich noch einmal auf das terminierte Gespräch vorbereiten wollte.

46

Der Kunde wollte Vorgespräche führen, hinsichtlich
Anschaffungen für ein Großprojekt, dessen
Ausschreibung so hoffte er, demnächst veröffentlicht
werden würde. Es ging um den Ausbau, beziehungsweise
die teilweise Begradigung der L333 entlang der Sieg.
Dies war zwar bereits seit mehreren Jahrzehnten in den
Planungen, sollte jedoch bald, so hatte er munkeln gehört,
umgesetzt werden. Als ein seit vielen Jahren in Eitorf
ansässiges Unternehmen, hoffte er, den Zuschlag zu
bekommen. Genauso, wie der Kunde von Herrn Bolan aus
dem Hennefer Raum. Beim vorigen Termin, der über zwei
Stunden dauerte, hatte der Handelsvertreter drei Tassen
Kaffee getrunken und seine Blase drängte nun auf ihr
Recht, entleert zu werden. Nur aus diesem Grund steuerte
er seinen Firmenwagen, einen Volvo V60 auf den
Parkplatz "Spicher Wald", zwischen Eitorf-Bach und
Eitorf-Harmonie, der mit hohen Sträuchern und Bäumen
die einzelnen großflächigen Parkbuchten trennend,
bewachsen war. Bolan hielt den Wagen dicht an
Sträuchern einer dieser Parkbuchten an. Er wollte sein
Auto und die angrenzenden Büsche als Sichtschutz
nehmen, damit ein anderes, eventuell anfahrendes Auto,

ihn bei der Verrichtung seines "kleinen Geschäftes" nicht sehen konnte. Nachdem alles erledigt war und er wieder in seinem Wagen saß, um die Fahrt nach Eitorf fortzusetzen, fiel ihm in einer Parkbucht, schräg gegenüber, ein ziemlich großer Wohnwagen auf. Er dachte sofort an die Arbeitsstätte einer Prostituierten, die hier auf Kundschaft wartete, wobei er kleinere solcher Wohnwagen mehrmals auf der B8 zwischen Kircheib und der Anschlussstelle "vier Winden", sowie weiter am Waldrand zwischen Hasselbach und Weyerbusch, gesehen hatte.

»Ungewöhnlich«, dachte er sich, »ein Wohnwagen dieser Größe ist doch eher für mehrere Personen gedacht, die auf Urlaubsreise gehen und nicht als Arbeitsstätte einer "Liebesdienerin"? «

Er schaltete den Wagen wieder aus und verließ, auf sein Bauchgefühl hörend, den Volvo. Er wollte nachsehen, was es mit dem Wohnwagen auf sich hatte.

»Hallo«, rief er, als er an die Türe klopfte. »Hallo, ist da jemand? «.

48

Als sich niemand regte, schritt er zur Seite an eines der großflächigen Fenster. Er legte seine Hände als Schutz gegen die Helligkeit des Tages, links und rechts neben seine Augen und presste seine Stirn gegen das, aus Kunststoff bestehende Fenster. Im Inneren sah er auf der linken Seite ein großzügiges Doppelbett, dessen Bettwäsche, wie nach einer heißen Liebesnacht wirr und durchwühlt dalag. Auf der anderen Seite sah er die geöffnete Türe einer Nasszelle und eine kleine, in einer Nische eingelassene Küchenzeile. Dazwischen war noch ein Sitzbereich mit einem Tisch, auf dem einige Blätter und ein geöffneter Laptop, lagen. Alles schien durchwühlt und doch irgendwie, wie ein geordnetes Chaos. Herbert Bolan drehte sich um und wollte wieder gehen, aber irgendetwas, sei es unterdrückte Neugier, die jeder in sich trägt oder ein gewisser Instinkt, ließ ihn noch einmal zur Türe gehen und den Drehgriff betätigen. Die Türe öffnete sich.

»Hallo?« rief er laut.

»Hallo, ist da jemand? «

Er machte einen Schritt in den Wohnwagen, wich aber sofort wieder zurück. Er sah eine Unmenge bereits getrocknetes Blut auf dem Fußboden und dem Bett, was von außen durch die verschmutzten Scheiben, nicht zu sehen war.

»Hier muss etwas Schlimmes geschehen sein«, dachte er. Er eilte zu seinem Firmenwagen und rief über den Notruf 110, die Polizei. Als die Beamten der Eitorfer Schutzpolizei bereits nach dreieinhalb Minuten mit eingeschaltetem Blaulicht und Martinshorn am Parkplatz eintrafen, sicherten diese sofort nach der ersten Inaugenscheinnahme, den Parkplatz mit rot-weißem Flatterband ab. Dann befragten sie Herrn Bolan, nahmen seine Personalien auf und verständigten schnell die Mordkommission der Kriminalpolizei Siegburg, die als maßgebliche Abteilung für dieses möglicherweise schwere Kapitalverbrechen zuständig waren.

Alfred Bollenkamp nahm den Anruf entgegen und informierte anschließend Thekla Sommer über den Vorgang.

»Kannst Du vielleicht die Ermittlungen kurz unterbrechen und zu dem Tatort an dem Parkplatz, fahren? « fragte er nach. »Du bist jetzt sicherlich in der Nähe und ich habe im Moment kein Team frei, da die Kollegen der Dienstgruppe I in Deinem Fall mitermitteln. Gib mir bitte Bescheid, sobald Du erste Erkenntnisse hast, ob ich die gebundenen Kollegen zurückordern soll oder was Du sonst eventuell herausbekommst«.

Thekla bestätigte mit einem kurzen: »Alles klar, mach ich«, und drückte die rote Taste ihres Smartphones. Sie rief Robert an, der sich in einem anderen Bereich von Eitorf-Halft aufhielt und dort von Haus zu Haus ging, um Erkundigungen über die Walheims einzuziehen und weiterhin zu erfragen, ob eine männliche oder weibliche Person vermisst sei. Immerhin wollten sie die Identität der erschossenen Brandleichen klären.

»Ja Mausi? «, meldete er sich, als er Theklas Nummer erkannte.

»Ich muss mal schnell auf die andere Seite Eitorfs. Dort ist irgendein Tatort entdeckt worden, allerdings ohne Opferfund. Fred rief mich gerade an und bat mich, mir

51

das mal näher anzuschauen. Mach Du bitte mit den Befragungen hier und dann in Baleroth, weiter«.

»Ich dachte wir wollten gleich zusammen etwas essen gehen? « war Roberts einzige Antwort.

»Wir waren eben erst frühstücken. Denk an Dein Bäuchlein und daran, dass Du schon jetzt bei meinem Fitnesstraining immer außer Puste kommst«, meinte Thekla etwas belustigt.

»Melde Dich zurück, wenn Du wieder hier bist und weiter ermittelst. Wir können uns dann hier irgendwo treffen«, meinte Robert, bevor er in seiner Stimmung getrübt, das Gespräch beendete.

*

Als Thekla an dem Parkplatz eintraf, waren die Kollegen der Spurensicherung bereits an ihrer Arbeit. Thekla besprach sich mit den Kollegen der Streifenpolizei die als erstes am Tatort war und ließ sich auf den Stand der Dinge bringen. Herbert Bolan, der zweiundsechzigjährige Handelsvertreter kam hinzu und fragte, ob er jetzt endlich weiterfahren könne. Sein anberaumter Kundentermin sei bereits zehn Minuten überschritten und er wolle sich die Provision einen seiner letzten großen Aufträge, wie er glaubte, bevor er bald in Rente ging, nicht entgehen lassen. Thekla fragte die uniformierten Kollegen, ob sie die Aussage und die Personalien aufgenommen hätten. Als dies bejaht wurde, entließ Thekla den Mann zu seinem Termin. Ein Beamter der Spurensicherung kam in seinem weißen Kunststoffoverall aus dem Wohnwagen und hielt eine Handtasche hoch.

»Hier hab ich was«, rief er zu Thekla.

Diese drehte sich um und zog ein paar Handschuhe aus Latex an, die ihr gereicht wurden. Sie öffnete die Handtasche und zog eine Brieftasche heraus. Darin waren einige Plastikkärtchen verschiedener Händler, eine Bankkarte und ein Ausweis enthalten. Sie las laut vor:

»Magda Walheim«.

*

Ungeduldig wartete Robert darauf, dass sich Thekla endlich meldete, bis als ob Thekla seine Gedanken telepathisch empfangen hätte, das Handy tatsächlich klingelte und Robert "Liebelein" auf dem Display las.

»Hallo Schatz«, meldete sich Robert und tat so, als sei er außer Puste, »was gibt es? Ich bin mitten in der Arbeit und gerade auf dem Weg nach Baleroth«.

»Es gibt neue interessante Hinweise auf den eventuellen Verbleib von Magda Weilheim, der Frau, die der Landwirt vor etwa vier Wochen aus dem Haus geschmissen hat. Möglicherweise ist sie Opfer eines blutigen Verbrechens geworden. Das alles müssen aber die Leute von der Spusi noch untersuchen und DNA-Abgleiche machen. Alles Weitere erzähle ich Dir gleich. Wo bist Du genau? «

»Ich fahre gerade von Halft nach Baleroth, die Straße hier heißt "Im Bogen". Ich wollte diesmal am Ende der

Straße anfangen und mich in Richtung des Hofes von den Walheims vorarbeiten«.

»Gute Idee«, lobte sie Robert, der in letzter Zeit nicht so viel Lob von ihr erhalten hatte, da er sich manchmal deppert anstellte, »am besten, Du wartest am Ortsende. Wir gehen dann gemeinsam die Häuser ab«.

»Genau so machen wir es, aber Du kannst mir bitte eine Currywurst mit Fritten rot/weiß mitbringen. Es macht enorm hungrig, diese viele frische Luft hier«.

Thekla grinste, als sie meinte: »Klar mein Held, mach ich. Also bis gleich«. Sie steckte ihr Smartphone in die Innentasche der Weste, die sie trug und die das Schulterholster ihrer Dienstwaffe verdeckte.

*

Zwanzig Minuten später, als Robert fast mit dem Essen auf Theklas Beifahrersitz fertig war, meinte er: »Du hättest mir ruhig eine Flasche Warsteiner Pils mitbringen können. Das wäre jetzt die Krönung gewesen«.

»Erstens sind wir im Dienst und zweitens, pass Du lieber auf, dass Du mir nicht mit der Currysoße die Sitzpolster versaust«.

Kaum hatte sie es ausgesprochen, als Robert die letzten Reste aus der Plastikschale schlürfen wollte und dabei einige Soßentropfen auf sein Hemd und den oberen Teil seiner Hose landeten.

»Robert! « rief Thekla erschrocken, »was sollen die Leute hier denn jetzt denken, wenn wir an den Türen schellen? «

Robert schaute auf die Hose und dann in Theklas blaue Augen. »Das hier sind alles ganz tolle Menschen, so wie Du und ich. Die werden denken "na, dem hat es aber geschmeckt"«. Robert lachte herzhaft. Thekla konnte nicht anders und lachte mit. Ihr gefiel die manchmal naive Art ihres Lebensgefährten.

An den ersten Häusern des Ortsrandes schien niemand zu Hause zu sein. Wahrscheinlich waren es Berufstätige, die wie hier üblich, täglich in die Städte zu ihren

Arbeitsorten pendeln mussten. An einer der nächsten Türen bellte ein Hund im Haus.

»Hier scheint jemand zu sein«, meinte Robert, der sich im Vorgarten umsah und die angepflanzten Rosenstöcke und die als Briefkasten genutzte und mit dem Namen Obermann versehene Milchkanne, am Eingang des Fachwerkhauses, als "gutbürgerlich" empfand.

»Schau mal, wie hübsch das hier aussieht«, schwärmte Thekla. Die liebevoll arrangierten Rosen und das Fass hier am Eingang, das als Blumenbehältnis dient. Die Eigentümerin wird hier bestimmt jahreszeitlich passend, neue Blumen pflanzen. Und hier, schau doch mal wie nett, die Amphore in dem kleinen Steingarten oder der Löwe hier auf dem Holzpflock. Es sieht aus als würde er die Haustüre beschützen«.

Robert konnte dem Ganzen nichts abgewinnen und musterte Thekla nüchtern von der Seite. »Mit einer oder zwei Flaschen Warsteiner würde ich das Ganze vielleicht ähnlich sehen«, dachte er sich.

Die Türe wurde geöffnet und ein, wie Thekla dachte, gutaussehender Herr, Mitte fünfzig, öffnete die Türe.

»Guten Tag, Thekla Sommer, Kriminalpolizei Siegburg, das hier ist mein Kollege Hanf. Sind Sie Herr Obermann?« Thekla hielt ihren Dienstausweis hoch. »Dürfen wir Ihnen einige Fragen stellen? Wir ermitteln in einem Fall, der sich hier in Eitorf ereignet hat«.

Der Mann war etwas erstaunt, als er fragte: »Ja, mein Name ist Erich Obermann. Hat man Sie zu mir geschickt? Sehr gerne erzähle ich Ihnen einiges über hiesige kommunalpolitische Themen aus der Gemeinde, kommen Sie bitte rein«.

Die beiden Kriminalisten betraten das Haus.

»Wissen Sie«, meinte Thekla, als sie in der wohnlich eingerichteten "guten Stube" standen, »uns geht es weniger um die von Ihnen genannten Themen, als mehr um den Leumund einer Familie, die nicht sehr weit von hier ihr Anwesen hat«.

»Auch da versuche ich Ihnen gerne zu helfen«, entgegnete der Herr Obermann, »möchten Sie ein Glas Wasser haben? Draußen ist ja eine Bullenhitze«.

»Sehr gerne«, meinte Robert laut, denn er befürchtete, Thekla würde in ihrer bescheidenen Art wieder ablehnen, was sie nur allzu gerne tat. Er jedoch hatte mächtig Durst, zum einen von den Temperaturen, zum anderen von der gut gewürzten Currywurst.

»"Naturell" oder "mit Sprudel", meinte der freundliche Mann«.

»Wenn es Ihnen keine Umstände macht? "Still" bitte«, entgegnete Thekla. Sie schaute Robert an, als der Mann in der Küche verschwunden war und meinte lächelnd: »Sonst musst Du wieder "Bäuerchen" machen«.

*

Etwa fünfzehn Minuten später standen sie wieder auf der Straße "Im Bogen". Nun fand Robert den Vorgarten nicht mehr "gutbürgerlich" sondern sehr dekorativ. Das Gespräch mit dem Hausherrn und dessen gebildete Ausdrucksweise, hatten seine Sichtweise verändert.

»Wer hätte gedacht, dass die Walheims hier so gut angesehen sind? « meinte Thekla, als sie sich einige Meter vom Haus entfernt hatten. Die wollen sogar ihre Ländereien am gegenüberliegenden Ende von Eitorf, dort wo die Leichen entdeckt wurden, verkaufen und das Geld in eine große Photovoltaikanlage auf ihrem Wohnhaus, der riesigen umgebauten Scheune für ihre Fahrzeuge und den Stallungen investieren. Sie haben errechnet, dass sie soviel Strom produzieren würden, um völlig autark vom öffentlichen Stromnetz, ihren Hof bewirtschaften zu können und es könnten sogar noch große Teile des Ortes Baleroth davon partizipieren«. Thekla war völlig überrascht von dem Gedanken, es mit solch weitsichtigen Menschen zu tun zu haben.

»Lass uns die Befragungen hinsichtlich des Rufs der Familie Walheim hier abbrechen. Wir haben schon frühen Nachmittag und die abendliche Fallbesprechung im Siegburger Polizeipräsidium steht uns noch bevor. Thekla startete den Twingo, in dem sie bereits wieder saßen und fragte Robert: »Kannst Du bitte Lisa, Peter und die anderen anrufen? Wir treffen uns in einer Stunde im Präsidium«.

Robert nickte, holte sein Smartphone aus der Jacke und kurbelte die Seitenscheibe runter.

»Warum kontrollieren die bei der TÜV-Abnahme nicht die Klimaanlage? « fragte er sich. »Die hätten in der Werkstatt auch ruhig mal testen können, ob die noch funktioniert«.

*

Bei der abendlichen Fallbesprechung wurde das Team im Austausch miteinander über wichtige Themen informiert. Sybille hatte eine erfolgreiche Internetrecherche nach Zahnärzten aus der Umgebung Eitorfs abgeschlossen. Sie konnte stolz vermelden, dass einer der Zahnärzte aus Uckerath, die von der Gerichtsmedizin übermittelte Gebissaufnahme, die ihm zur Verfügung gestellt worden war, einer der beiden Leichen, die seinerzeit seine Patientin war, zuordnen. Es handelte sich um Frau Magda Walheim. Zu der anderen Gebissaufnahme hatte es noch keine Rückmeldung gegeben.

»Das ist ja interessant. Warum finden wir eine Handtasche mit ihrem Ausweis am Tatort eines offensichtlichen Gewaltverbrechens und ihre Leiche am gegenüberliegenden Rand der Gemeinde? « fragte Robert.

Thekla nickte nachdenklich, als sie fragte: »Und von wem ist der Wohnwagen, in dem ihre Tasche gefunden wurde? Weiterhin ist noch offen, was sich in dem Wohnwagen zugetragen hat, bei dem vielen Blut. «

Sybille meldete sich nochmals zu Wort und meinte: »Die Halterabfrage, anhand des Nummernschildes ergab, dass es von einem PKW stammt und vor etwa einem halben Jahr im Kreis Ahrweiler gestohlen wurde. Die von den Eitorfer Kollegen gemeldete Fahrgestellnummer die an der Deichsel angebracht war, hat ergeben, dass der Anhänger vor sechs Jahren in den Niederlanden gebaut wurde«.

»Habt Ihr irgendetwas brauchbares herausgefunden? « wendete sich Thekla an den Rest des Teams, die in den einzelnen Orten Eitorfs, Befragungen durchgeführt hatten.

»Also«, fing Lisa an zu erzählen, »da gibt es wohl in jedem Ort Leute, die über Leute in den Nachbarorten viel zu erzählen hatten. Manchmal haben wir auch von angeblichen Liebschaften und Verhältnissen verheirateter Männer, wie Frauen, erfahren. Es wurde nicht nur über angebliche Bratkartoffelverhältnisse erzählt, sondern auch über Techtelmechtel in den Vereinen. Allem voran, dem Tennisverein und Golfverein, dem Angelverein und den Schützenvereinen. Meines Erachtens aber alles nur Klatsch und Tratsch. Einen Hinweis, dass jemand bereits seit einiger Zeit vermisst wurde, haben wir nicht erhalten«.

»Wir haben zwei vermisste Personen mitgeteilt bekommen, eine fünfzehnjährige Schülerin aus Käsberg und einen einundzwanzigjährigen Metallbauer aus Rodder. Von Beiden haben wir allerdings eben erfahren, dass sie sich auf einem Kurztrip nach Amsterdam befanden und mittlerweile wieder, wenn auch ziemlich zugekifft, in heimatlichen Gefilden aufhalten. Sie waren von den Kollegen der Streifenwagenbesatzung in Eitorf-Harmonie mit blutverschmierten und zerrissenen Klamotten aufgegriffen worden«, sagte einer der Kollegen, die aus der Dienstgruppe I abgestellt waren.

»In Harmonie? Das ist ja gleich neben der Fundstelle des blutverschmierten Wohnwagens. Da wo der fest installierte Geschwindigkeitsmesser steht. Habt Ihr die Namen der Beiden? Vielleicht können sie uns was sagen oder haben vielleicht sogar etwas mit dem mutmaßlichen Verbrechen zu tun? « Thekla war hellhörig geworden.

Der Ermittler suchte in seinem Notizblock nach den Namen der Beiden. Er brauchte eine Weile, da er an diesem Tag viel notiert hatte, bis er sagte:

»Birgit Lammerscheid aus Käsberg und Kevin Sicher aus Rodder«.

Thekla notierte sich die Namen. Dann fragte sie erneut in Richtung Sybille: »Haben die Kollegen aus der KTU etwas zu dem Laptop gesagt, der sichergestellt wurde? «

»Noch nichts«, meinte Sybille, die bereits alle ihre Neuigkeiten zu Beginn der Besprechung mitgeteilt hatte. Sie wusste allerdings, dass Thekla nun im Modus einer erfahrenen "Schnüfflerin" war und jede Kleinigkeit zweimal durchging und hinterfragte. Ansonsten hätte sie nicht den guten Ruf und die Leitung der Dienstgruppe II erhalten.

Thekla löste die Besprechung mit den Worten auf: »Wir sind heute weite Strecken gefahren und teilweise auch gegangen. Ich danke Euch allen für den tatkräftigen Einsatz, aber jetzt ist es an der Zeit, Ruhe einkehren zu lassen und sich zu erholen. Ich schlage vor, wir treffen uns morgen früh um neun Uhr wieder hier und besprechen das weitere Vorgehen. Vielleicht sind dann auch weitere Ergebnisse der KTU und der Gerichtsmedizin hier, die uns zu neuen Ermittlungen führen. Schönen Feierabend«.

Alle klopften mit den Knöcheln der Faust auf den ovalen Tisch, der in der Mitte des Raumes stand und um den sie saßen.

*

Jetzt, da er zwei Tage nach der Tat etwas zur Ruhe gekommen war, packte ihn etwas die Reue für sein Tun. Er musste immer wieder daran denken, wie er voller menschenverachtendem Hass und durch abgrundtiefe Panik getrieben, die Wohnwagentüre aufriss und ohne weiter zu fragen, dem widerlichen Abschaum in Menschengestalt, eine Kugel mit seiner auf dem Kölner Schwarzmarkt gekauften Pistole, mitten in die Stirn schoss. Dass Magda Walheim neben dem Mann im Bett lag, konnte er nicht ahnen und war Zufall, doch da er glaubte von ihr erkannt worden zu sein, musste auch sie sterben.

*

Robert konnte in dem gemeinsamen Bett, in dem sich Thekla die ganze Nacht hin und her wälzte, nicht schlafen. Er kannte das Verhalten von Thekla und er verzieh ihr die nächtliche Unruhe genauso, wie Thekla ihm das von Zeit zu Zeit auftretende Schnarchen verzieh. Er wusste genau, dass Theklas Unterbewusstsein in dem vorliegenden Fall, krampfhaft versuchte, Lösungswege zu finden. Es schien so, als würde eine höhere Instanz Thekla im Traum Hinweise geben wollen, die jedoch von ihrer realistischen und analytischen Denkweise nicht in Einklang gebracht werden wollte. Das Bett in dem ehemaligen Zimmer von David, das inzwischen zum Büro umgewandelt ist, war mit Aktenordnern und Krimskrams belegt, also beschloss Robert im Wohnzimmer auf der Couch noch etwas Ruhe zu finden. Als er Thekla am Morgen unter der Dusche im Obergeschoss hörte, deckte er den Frühstückstisch und schaltete die schon in der letzten Nacht vorbereitete Kaffeemaschine an.

»Guten Morgen, mein Engel«, begrüßte er Thekla, die froh gelaunt die Treppe hinunterkam, »ich habe Frühstück vorbereitet«.

»Keinen Hunger, - komm lass uns direkt ins Präsidium fahren. Der Fall gibt mir Rätsel auf. Warum wird Magda

Walheim in dem Wohnwagen erschossen und dann viele Kilometer weiter im Heu verbrannt? « fragte sie, wie in Gedanken versunken, in Richtung Robert.

Dieser wusste, - Widerspruch war in diesem Fall zwecklos. Thekla war zu sehr mit dem Fall beschäftigt, als dass sie jetzt zum Frühstück überredet werden konnte.

»Ich mach gerade noch die Kaffeemaschine aus und räume hier das Zeug in den Kühlschrank«, rief er Thekla nach, die bereits, diesmal ohne ihre Jacke sondern bei der Hitze nur in einem Poloshirt in der offenen Haustüre stand und auf Robert wartete.

Im Polizeipräsidium angekommen wartete bereits Fred Bollenkamp auf die Beiden mit den Worten: »Es gibt Neuigkeiten. Erstens, heute Nacht endete in Eitorf eine häusliche Auseinandersetzung damit, dass wir jetzt den Fall einer toten Ehefrau und deren erstochenen Tochter haben. Das machte es erforderlich, die Dienstgruppe I zu aktivieren und die Kollegen von Eurem Fall abzuziehen«.

Thekla verdrehte die Augen und seufzte, schließlich war sie doch froh, diese Unterstützung erhalten zu haben.

»Zweitens«, fuhr Bollenkamp in Richtung Thekla blickend fort, »auf Deinem Schreibtisch liegen ein Bericht von der KTU wegen des Wohnwagens und ein Bericht der Rechtsmedizin wegen den Toten im Heu«.

»Das ist doch mal was«, antwortete Thekla, »ich werde die Berichte sofort lesen und nachher in der Besprechungsrunde die Erkenntnisse sofort in die heutigen Ermittlungen einfließen lassen. Danke Fred«.

In ihrem Büro setzte sich Thekla an ihren Schreibtisch und Robert nahm davor Platz. »Also, wollen wir mal sehen was es Neues gibt«, meinte sie, als sie den Aktendeckel aufschlug. »Auf dem Laptop wurden blutige Fingerabdrücke sichergestellt, die bei einem Vergleich in den Datenbanken keinen Treffer brachten. Der Laptop selber ist mit einem komplizierten Mechanismus gesichert, den die Kollegen bisher nicht knacken konnten. Es muss sich ein Programm darauf befinden, dass jedes Mal, wenn der Laptop heruntergefahren wird, ein neues Passwort auf einem externen Server generieren lässt. Dieses Passwort wird dann per Mail an ein Postfach geschickt, welches auf einem anderen Rechner eingesehen werden kann. Zusätzlich wird auch eine verschlüsselte SMS verschickt, die via Handy entschlüsselt werden kann. Den Zugang zu den Programmen konnten die Kollegen der KTU Siegburg mittlerweile ermöglichen, nicht aber den Zugang zu den speziell gesicherten Daten«.

»Das ist aber eigenartig«, meinte Robert, »wieso sichert jemand die Dateien eines Rechners so speziell und aufwändig? «

»Entweder, der Rechner gehört zu einem Netzwerk einer Softwarefirma, die geheime Informationen verarbeitet, oder«, Thekla schüttelte den Kopf, als sie weitersprach, »es steckt eine perfide Gruppe organisierter Krimineller dahinter«.

»Was steht denn in der zweiten Akte, - von der Gerichtsmedizin? « wollte Robert wissen.

»Hier steht, dass die Kölner Kollegen der Rechtsmedizin in einem sehr komplizierten Verfahren, aus dem teilweise noch verbliebenen Rückenmark der Toten, DNA sichern konnten, die ebenfalls bei einem Datenbankabgleich, einen Treffer ergab. Bei der männlichen Leiche kam heraus, dass es sich um Alf van de Falk, einem in Holland verurteilten Vergewaltiger handelte. Hier in Deutschland stand er wegen Zuhälterei und Menschenhandel vor Gericht. Wegen Mangel an Beweisen wurde er jedoch freigesprochen«.

Robert dachte laut nach: »Wenn der Alf nun in dem Wohnwagen weiterhin Frauen für sich arbeiten ließ und die gefundene Tasche von Frau Walheim zu der Frau gehört, die ebenfalls im Heu gefunden wurde, dann würde das heißen…«.

»Dass Frau Walheim für den Mann auf den Strich gegangen ist«, beendete Thekla den Satz. »Wir müssen dringend eine Probe ausfindig machen, aus der man die DNA von Frau Walheim eindeutig entnehmen kann«.

»Weiterhin müssen wir zu dem Kevin Sicher nach Rodder. Laut Polizeibericht der Eitorfer Kollegen hatte er blutverschmierte Kleidung an, als er aufgegriffen wurde«, meinte Robert.

»Richtig«, sagte Thekla, »hier ist ein Abgleich mit dem Blut aus dem Wohnwagen unerlässlich. Am besten wir verlieren keine Zeit und ich schicke die Eitorfer Kollegen schnellstmöglich nochmals an die Adresse. Hoffentlich läuft die Waschmaschine noch nicht. Auch brauchen wir die Fingerabdrücke des Mannes zum Vergleich der blutigen Fingerabdrücke auf dem Laptop. Vielleicht können uns die Kollegen innerhalb der nächsten Stunde die Fingerabdrücke schon mal per Mail zukommen lassen. So hätten wir schon weitere Erkenntnisse, bevor wir die hoffentlich sichergestellte Kleidung abholen werden. Auch will ich mit dem Mann nochmal selber reden«.

»Heißt das, wir fahren heute schon wieder da raus? « wollte Robert wissen.

»Wir müssen halt dahin, wo unsere Arbeit anfällt«, antwortete Thekla, die genau wusste, dass ihr hungriger Liebster nur darauf wartete, schnellstmöglich zu seinem Lieblingsimbiss, "Fritten Paul" nach Siegburg-Kaldauen, zu fahren, um dort die heißbegehrte Currywurst zu essen. Am besten gleich zwei, da Robert nicht genug von Pauls selbstgemachter Currysauce bekommen konnte, deren Rezept Paul gut hütete.

*

Als die Teambesprechung um neun Uhr begann, wunderten sich Lisa Drollig und Peter Ludwig zunächst, wo denn die Kollegen, die sie gestern so tatkräftig unterstützt hatten, blieben. Thekla klärte zunächst darüber auf, dass es einen neuen Tötungsfall gegeben hatte, womit sich nun die "Dienstgruppe I" beschäftigte. Danach erklärte Thekla die Ergebnisse, die sie heute Morgen bereits auf ihrem Schreibtisch gefunden hatte.

»Robert und ich fahren nachher wieder nach Eitorf, zum einen zur Eitorfer Polizeiwache, um die hoffentlich sichergestellte Kleidung abzuholen, zum anderen wollen wir auch noch einmal zu Herrn Jens Walheim, um nach irgendetwas zu fragen, woran sich DNA seiner Frau befinden könnte. Lisa und Peter, könnt Ihr bitte die Befragungen in den Eitorfer Orten fortsetzen? Solange wir nicht zweifelsfrei wissen, wer die tote Frau ist, die im Heu gefunden wurde, müssen wir weiterhin in alle Richtungen ermitteln«.

*

Robert hatte darauf bestanden, dass Thekla ihren Wagen in der polizeieigenen Werkstatt stehen ließ. Die

Kollegen wollten nachschauen, warum die Klimaanlage nicht funktionierte und diese dann auch instandsetzen. Robert hatte ihnen zwei Kästen Bier dafür versprochen. Aus diesem Grund saß Thekla nun in dem BMW-Dienstwagen neben Robert, der den Wagen über Hennef und die Siegtalstraße in Richtung Eitorf lenkte. Er hatte die Klimaanlage auf halbe Leistung gestellt und pfiff mit dem Lied, "raindrops keep falling on my head", dass gerade im Autoradio auf "Radio Bonn-Rhein-Sieg" gespielt wurde.

»Tja«, seufzte Thekla, »Regen könnten wir wirklich gut gebrauchen. Zum einen zur Abkühlung, zum anderen für die ganzen Felder und Wälder«.

Robert hatte es nicht gehört. Er war in Gedanken bei einem kühlen Glas Bier auf der Hollywoodschaukel ihrer Terrasse.

Der Dienstwagen hielt vor der Wache der Polizeidienststelle auf der Bahnhofstraße, kurz vor der Ampelkreuzung. Als die beiden Kriminalbeamten vor dem Eingang standen, wurde ihnen die schwere mit Panzerglas versehene Eingangstüre elektronisch geöffnet.

»Morgen Kollegen«, Thekla zeigte ihren und Roberts Dienstausweis vor, »wir hatten heute Morgen darum gebeten, dass Ihr die Kleidung in Rodder sicherstellt. Habt Ihr die Sachen hier? «

So langsam und gebeugt, als hätte er einen Hexenschuss, erhob sich einer der beiden anwesenden Streifenbeamten von seinem Stuhl.

»Hier«, er hob einen Plastiksack in die Höhe, »ist die blutverschmierte Hose. Wir hatten gerade noch Glück gehabt, da die Mutter des Jungen im Begriff war, die Waschmaschine zu füllen«.

»Das habt Ihr gut gemacht«, lobte Thekla die Kollegen, »habt Ihr auch Fingerabdrücken des "Kevin Sicher" nehmen können? «

»Den haben wir zuerst gar nicht wach bekommen. Er war anscheinend noch vom gestrigen Abend zugedröhnt, aber letztendlich haben wir die Fingerabdrücke nehmen können. Hier«, der Mann reichte ein DIN A4 großes Blatt an Thekla, »nur Mailen konnten wir es nicht. Unser Scanner ist kaputt und die Haushaltsmittel reichen wohl nicht, uns schnellstmöglich einen neuen bereitzustellen«.

Als Robert neben Thekla saß, die sich nun auf den Fahrersitz des Dienstwagens gesetzt hatte, meinte er nachäffend »unser Scanner ist kaputt, wir konnten nicht arbeiten«. Er nahm den Zettel, den Thekla auf den Rücksitz gelegt hatte, machte ein Foto mit seinem Smartphone und schickte dieses an die KTU, zum Abgleich mit den, auf dem Laptop gefundenen Fingerabdrücken.

»Wir müssen an der Ampel nach rechts«, meinte er, als Thekla sich in die Spur einordnete um geradeaus zu fahren.

»Ich will zuerst zu Herrn Sicher, bevor er seinen Rausch ausgeschlafen hat und wieder "auf die Piste" geht, meinte Thekla und gab Gas, als die Ampel auf grün schaltete. Sie fuhr auf die "Hochstraße", die als Brücke über die Gleise führte.

»Schau mal da links«, meinte Robert, »das ist aber ein schönes altes Haus. Sieht so hochherrschaftlich aus«. Er meinte die Villa Gauhe, die 1878 von dem Fabrikanten Julius Gauhe erbaut wurde und als der prächtigste und größte Privatbau in der Gemeinde Eitorf gilt.

»Da würde ich auch gerne wohnen wollen«, meinte Thekla, »inmitten eines Parks mit altem Baumbestand«.

Sie fuhren am Gewerbegebiet "Auel" auf der rechten Seite liegend, vorbei und kamen nach Alzenbach.

»Dort drüben«, Thekla zeigte auf die andere Seite der Sieg, »ist Eitorf-Halft, wo wir gleich hinmüssen«. Thekla nahm aber nicht die, nach links abknickende, Vorfahrtstraße sondern setzte kurz den Blinker nach rechts und fuhr geradeaus durch Alzenbach durch, um dann irgendwann nach links, eine kleine nicht für hohe Geschwindigkeit gedachte Straße in Richtung Rodder zu fahren. Nach hügeliger Fahrt am Ortseingang angekommen, musste Thekla scharf bremsen. Von der linken Straßenseite kommend, ging eine alte Dame in sehr gebückter Haltung, mit ihrem Rollator ganz langsam, wie in Zeitlupe in Richtung der anderen Straßenseite. Sie drehte ihren Kopf langsam nach links, schaute Thekla kurz an und drehte den Kopf wieder nach vorne. Dabei schüttelte sie leicht das weißhaarige Haupt, ging aber keinen Schritt schneller.

Robert meinte leicht erregt, »Was soll das denn? Ich komme mir gerade vor, wie im Fernsehen«.

Thekla tätschelte mit ihrer rechten Hand Roberts Oberschenkel und meinte lächelnd und beruhigend: »Robert, - wir sind hier auf einem Dorf. Hier ticken die Uhren anders«.

Gefühlte drei Minuten später fuhr der Wagen weiter, um auch sofort wieder anzuhalten. Sie hatten das Ziel in dem kleinen Dorf erreicht. Gerade als Robert die Türe öffnete, meldete sich Theklas Handy und die KTU meinte, dass die gefundenen Fingerabdrücke auf dem Laptop und die per SMS übermittelten Fingerabdrücke, identisch seien.

»Da gibt es keinen Zweifel? « fragte Thekla.

»Einhundert Prozent Übereinstimmung«, meldete die Gegenseite.

»Danke für die schnelle Arbeit«, sagte Thekla, bevor sie die rote Taste am Smartphone betätigte. Zu Robert gewandt meinte Sie, »den holen wir uns jetzt«.

Kurze Zeit später bestätige der Verdächtige, zwar in dem Wohnwagen gewesen zu sein, jedoch ohne irgendwelche Toten gesehen zu haben. Den Laptop, auf dem seine Fingerabdrücke gefunden worden seien, habe er zwar angefasst, doch seine Begleiterin, Birgit Lammerscheid aus Käsberg, hätte ihn vehement davon abgehalten, den Laptop mitzunehmen. »So sehr blutverschmiert kriegst Du den sowieso nicht verkauft«, hatte sie angeblich zu ihm gesagt.

Die gerufenen und mittlerweile eingetroffenen Kollegen der Polizeidienststelle Eitorf setzten den festgenommenen Kevin Sicher auf den Rücksitz des Streifenwagens und fuhren ihn in die Arrestzelle des Präsidiums nach Siegburg.

»Und nun? « fragte Robert, als die Beiden wieder zum Dienstfahrzeug gingen.

»Nun fahren wir zu Herrn Walheim. Ich bin gespannt, was er zu den Entwicklungen zu sagen hat«.

»Fahr jetzt aber bitte etwas schneller und mach, dass wir hier wegkommen, nicht dass uns die Rollatorbraut noch mal vors Auto läuft«, meinte Robert schmunzelnd.

Sie kreuzten die "Sieg" über die Alzenbacher Brücke und fuhren in den Ortsbereich "Halft". Am Gasthaus "Zur Linde" fuhren sie nach links in die Halfterer Straße um einige hundert Meter weiter nach rechts in Richtung Balaroth und dem vorgelagerten Aussiedlerhof zu fahren.

Der große Mähdrescher stand mitten im Hof und davor war Herr Jens Walheim zu sehen, der mit einem großen Ölkanister den mangelhaften Ölstand auffüllte.

»Sie schon wieder«, rief er Thekla und Robert entgegen, als sie aus dem Wagen stiegen. »Gibt's was Neues wegen den Heuleichen? « fragte er recht zynisch.

»Herr Walheim, es sieht so aus, als sei eine der Leichen Ihre Frau gewesen. Wir müssten eine Probe von etwas haben, an dem die DNA Ihrer Frau noch vorhanden sein könnte. Haben Sie da was für uns? «

»So? Die ist tot? Na dann brauch ich ja den Anwaltstermin nicht mehr wegen dem Unterhalt und der Scheidung. Gott sei Dank hat sich das erledigt«.

»Empfinden Sie keine Trauer«? fragte Robert, »Sie waren doch einige Jahre verheiratet«.

80

»Ja, ja«, kam die gleichgültige Antwort, »sie hat aber darauf spekuliert, dass ich ihr im Rahmen des Zugewinnausgleichs eine Stange Geld zahlen würde. Das hat sie jetzt davon, - von ihrer Gier! «

Thekla und Robert sahen sich an und dachten das Gleiche. »War das der Mann, der einen Tag zuvor noch von dem netten Mann aus Baleroth, als sozial engagierter Mann gelobt wurde? «

»Können wir uns mal bei Ihnen im Bad oder im Schlafzimmer umschauen? Vielleicht finden wir noch irgendwo DNA von Ihrer Frau. Um zweifelsfrei die Identität der Feuerleiche feststellen zu können, benötigen wir diese Probe«.

»Oben im Badezimmer habe ich in dem Hängeschrank über der Türe, den Kulturbeutel von ihr reingeschmissen. Da müssten noch Haarbürsten drin sein. Reicht das? «

»Das müsste reichen«, meinte Robert, der sich schon auf dem Weg ins Haus befand.

»Da sind Sie ja fein raus«, meinte Thekla, extra etwas provozierend formuliert, »erst die ungeliebte Frau los geworden und nun auch noch die dumme

Ausgleichssumme gespart. Da fühlt man sich doch bestimmt erleichtert? «

»Wollen Sie mir da etwas unterstellen? « meinte Walheim.

»Nein, ganz und gar nicht, aber die Investition in die Photovoltaikanlage wäre dann nicht mehr möglich gewesen.«

Verdutzt schaute Jens Walheim Thekla an. Woher die Kommissarin das nun schon wieder wusste, hätte er gerne gewusst.

Robert kam mit der Bürste in der Hand aus dem Haus.

»Und Sie wissen wirklich nicht wo sich Ihre Frau die letzte Zeit aufgehalten hat? «

Jens Walheim bestieg den hoch gelegenen Sitz des Mähdreschers. Von oben rief er: »Nein, - und jetzt gehen Sie mir bitte aus dem Weg. Ich muss zu einem Kunden nach Altenkirchen, der wartet auf mich«. Er ließ den lauten Dieselmotor an.

*

Wieder im Polizeipräsidium angekommen, lag auf Theklas Schreibtisch ein Brief. Adressiert an:

Polizeipräsidium Siegburg

Mordkommission

Fall in Eitorf: Tote im Heu

Thekla war ganz erstaunt als Sybille sagte: »Der war im Hausbriefkasten und Alfred Bollenkamp sagte, der Brief wäre bestimmt für Dich«

Robert nahm den schweren Brieföffner, den Thekla zu ihrer damaligen Beförderung zur Dienstgruppenleiterin geschenkt bekommen hatte. Er öffnete den Brief und übergab ihn ungelesen an Thekla. Diese las laut vor:

Sehr geehrte Damen und Herren,

in den letzten Tagen haben Sie hier in den Orten viel gefragt, ob jemand etwas zu dem Brand an der Landstraße, Nähe Mühleip sagen könnte oder ob jemand etwas von vermissten Personen weiß. Dazu wollte ich an der Haustüre nichts sagen. Das Gerede hier auf dem Land ist sehr nervig und man kommt schnell in Verruf. Ich weiß, dass Sie wegen des Aufenthaltes der Frau Magda

Walheim forschen. Ich habe in einer Kneipe in Eitorf mitbekommen, dass auf einem Parkplatz zwischen Bach und Harmonie ein Wohnwagen steht. Dort soll die Frau der Prostitution nachgehen. Ich kenne Frau Walheim und konnte das nicht glauben. Deshalb war ich neugierig geworden. Einmal habe ich sie dort tatsächlich angetroffen. Sie erzählte, ihr Mann hätte sie rausgeschmissen und nun müsse sie Geld verdienen, bis der Unterhalt geregelt sei. Ich gab ihr hundert Euro und wir hatten eine schöne Zeit miteinander. Diesen Brief schreibe ich Ihnen anonym, da ich nicht erkannt werden will, Ihnen aber diese Hinweise geben möchte.

»Sieh einer an, da will sich einer reinwaschen«, meinte Thekla, »ob der von einer möglichen Täterschaft ablenken will? Wollte er eventuell ausschließen, dass Frau Walheim jemandem von dem Hurendienst erzählt?« fragte Robert nachdenklich.

»Kann schon sein. Schade, dass der Brief nicht mit Hand geschrieben wurde. Ansonsten hätten wir, sobald wir einen verheirateten Verdächtigen gehabt hätten, die

Handschrift mit einer Schriftprobe vergleichen können«,

antwortete Thekla analysierend.

»Wieso Verheirateter? « meinte Robert.

»Robert, - welcher männliche Single geht zu einer

Prostituierten und hat dann Angst, dass darüber geredet

wird? Angst aufzufliegen haben doch die verheirateten

oder Leute, die ein "öffentliches Amt" bekleiden«.

»Du meinst ...? «

»Ausschließen können wir derzeit gar nichts«, sprach

Thekla ihre Gedanken aus.

*

Robert ging schon mal in den Bereich des

Untergeschosses des Präsidiums, in dem die Arrestzellen

und Verhörräume waren. Er ließ den vorläufig

festgenommenen Kevin Sicher in den Raum, an dessen

Seite sich eine große mit Spiegelglas versehene Scheibe

befand. Er sah, wie der Verdächtige, der sehr schüchtern

wirkte, am Tisch Platz nahm und auf die Dinge wartete,

die nun folgen würden. Als Thekla ebenfalls in dem

Nebenraum bei Robert eintraf, meinte sie: »Nun, dann

wollen wir mal sehen, ob der Mann wieder klar denken kann?«

Als sie am Vernehmungstisch saßen, fragte Kevin nach einem Glas Wasser, das ihm die Streifenbeamtin, die ihn vorher aus der Arrestzelle geholt hatte, brachte. Nachdem er einen großen Schluck genommen hatte, fragte er:

»Und? – Hat Ihnen meine Freundin Birgit Lammerscheid bestätigt, dass wir in dem Wagen waren, um nur nach etwas Bargeld zu schauen. Wissen Sie? Stoff ist teuer und in Eitorf nehmen die für eine kleine Menge mehr als in Siegburg oder Köln. Da kann man jeden Euro gebrauchen, den man ergattern kann«,

»Ach?« fragte Robert provozierend, »da kann man ruhig mal einbrechen und auch Leute umbringen?«

»Nein, - dass waren wir nicht. Die Beiden lagen schon tot auf dem Bett, als wir die Türe zu dem Wohnwagen öffneten. Bei der Durchsuchung nach Geld habe ich mich dann wahrscheinlich mit dem Blut beschmiert. Gefunden habe ich kein Geld, - deshalb wollte ich ja den Laptop mitnehmen. Das jedoch wollte Birgit nicht. Was ist denn jetzt? Haben Sie mit Birgit gesprochen?«

Thekla schaute Robert fragend an? Als dieser erkannte, dass er vergessen hatte, sich die Aussage von der Freundin bestätigen zu lassen, beugte er sich zu Thekla, die auf dem Stuhl neben ihm saß herüber und hielt seine Hand zur Abschirmung, an Theklas Ohr.

»Ich habe vergessen das Mädchen anzurufen«, flüsterte er entschuldigend in ihr Ohr.

Thekla riss die Augen auf. So etwas durfte doch ein erfahrener Kriminalist nicht vergessen. Das würde noch ein, wenn auch unter den Beiden privat, zu regelndes Nachspiel haben. Sie flüsterte zurück: »Na los, - mach schon«, dabei zeigte sie mit dem Kopf in Richtung Türe.

Etwa fünf Minuten später kam Robert wieder in den Verhörraum.

»Sie hat die Aussage exakt so bestätigt, wie Herr Sicher sagte«, meinte er.

»Dann kann ich ja jetzt gehen«, meinte Kevin und erhob sich von seinem Platz. Die Streifenbeamtin, die zur Sicherung mit im Raum anwesend war und schräg hinter dem Verdächtigen stand, machte einen Schritt nach vorne und drückte den Mann an seinen Schultern wieder nach unten.

»Sitzenbleiben«, sagte sie in einem barschen Ton.

»Erstmal bleiben Sie noch hier« meinte Thekla. »Der dringende Tatverdacht ist immer noch nicht ausreichend ausgeräumt. Schließlich könnte ihre Freundin ja auch noch der Mittäterschaft verdächtigt werden. Nein, - wir dürfen Sie achtundvierzig Stunden hier festhalten und müssen Sie innerhalb dieser Zeit dem Haftrichter vorstellen. Schließlich hatten Sie ein Motiv für den Mord und waren nachweislich am Tatort«.

»Motiv? « fragte Kevin Sicher, »was für ein Motiv? «

»Beschaffungskriminalität«, antwortete Thekla und verließ mit Robert den Verhörraum, nachdem sie zu der anwesenden Polizistin sagte: »Er kann wieder zurück in die Arrestzelle«.

Auf dem Weg ins Büro meinte Robert: »wie soll der denn die Leichen ins Heu gebracht haben, wo sie anschließend verbrannten? «

»Das weiß ich auch noch nicht. Manchmal fügt sich ein Puzzle eben nur langsam zusammen. Wir werden sehen. Was mir aber immer noch durch den Kopf geht, ist die unbekümmerte Reaktion des Herrn Walheim. Ich glaube«, dabei schaute Thekla auf die Uhr, »wir müssen nochmal da hin und die Familie nochmals, insbesondere auch den Bruder und dessen Ehefrau befragen. Notfalls muss heute ausnahmsweise die abendliche Fallbesprechung auf morgen früh verlegt werden«.

Robert stöhnte, hatte er sich bei der Hitze doch so auf einen erholsamen Abend auf der Couch mit einem kühlen Bier, gefreut. Langsam trottete er hinter Thekla her.

*

»Oh mein Gott! « hämmerte es immer wieder durch seinen Kopf, »was habe ich da nur angestellt? Wie soll ich meine Panik und den Drang, den ich gehabt hatte, dieses Verbrechen zu begehen, nur Gisela erklären? Ob sie mich verstehen oder auf der Stelle verlassen wird? «

*

Zu der Hitze hatte sich nun auch noch eine schwer lastende Schwüle gesellt. Thekla schaltete die Klimaanlage des Dienstwagens auf die oberste Stufe. Es braute sich ein nicht ganz ungefährliches Sommergewitter zusammen. Als sie durch Hennef gefahren waren und nun auf die Siegtalstraße abbogen, meinte Robert: »Da kommt gleich ganz schön was runter. Schau nur die dicken dunklen Wolken«.

»Wie gut, dass wir hier im Auto nicht nass werden«, entgegnete Thekla, da sie wusste, dass Robert keine allzu große Lust hatte, diesen Abend mit Befragungen zu verbringen, anstatt auf dem Sofa zu liegen und an der Spielekonsole zu zocken.

»Hier nach links«, meinte er, als Thekla an der großen Ampelkreuzung in Eitorf geradeaus fuhr.

Thekla schüttelte den Kopf. »Lieber nicht«, meinte sie, »mir hat es gereicht, als wir vorgestern zehn Minuten dort gewartet hatten und bei geschlossener Schranke zwei Züge passieren lassen mussten. Warum können die hier nicht endlich mal Abhilfe schaffen und eine andere Möglichkeit finden. Soweit ich weiß, ist das hier schon seit sehr langer Zeit ein Streitthema im Rat. Hoffentlich übernimmt hier ein richtiger Bürgermeister oder Bürgermeisterin das Ruder«.

Sie fuhren über die Hochstraße und bestaunten erneut die Villa Gauhe. »Wir sollten uns die mal aus der Nähe ansehen«, meinte Robert.

»Aber nicht jetzt«, entgegnete Thekla und gab Gas. Kurz vor Alzenbach fiel Robert auf der linken Straßenseite, die Hängebrücke über der Sieg auf, die Alzenbach mit Halft verbindet. Diese Brücke wurde bereits 1946 im Rahmen einer Nachbarschaftshilfe von den Anliegern mit organisierten Teilen erbaut. So stammten zum Beispiel die Drahtseile von einer alten Seilbahn.

»Da würdest Du mich nie drüber kriegen«, meinte Robert.

»Du Schisser«, antwortete Thekla amüsiert, »hat 'ne Knarre umhängen, aber bei so was die Hosen voll«

Beide mussten lachen.

Als sie auf der anderen Siegseite in Richtung des Hofes zu den Walheims fuhren, begann es heftig und in dicken Tropfen zu regnen. Gleichzeitig donnerte es so laut, dass die Beiden in dem Wagen zusammenzuckten.

»Jetzt aber schnell«, meinte Thekla, die in dem großen Innenhof der Walheims angekommen war. Sie nahm sich ihre Jacke vom Rücksitz und hielt sie über den Kopf, als sie in Richtung Haus lief. Robert kam triefend nass hinterher.

Unter dem großen Vordach des Hauses angekommen, wurde bereits die Haustüre geöffnet.

»Wir haben Sie kommen gesehen«, meinte Tobias Walheim, der die Beiden mit einer Handbewegung hereinbat. »Was führt Sie zu uns? Haben Sie Neuigkeiten von dem Brandstifter? Unsere Versicherung hat sich schon gemeldet und uns mitgeteilt, dass die Regulierung noch einige Zeit in Anspruch nehmen würde. Die wollen erst einmal Ihre Ermittlungen abwarten und sich dann bei dem eventuellen Brandstifter das Geld wiederholen«.

Robert schaute verständnislos.

»Na, - bei dem Brandstifter, der den Brand als Verdeckungstat der begangenen Morde gelegt hat«, meinte Herr Walheim.

Theklas Handy klingelte. Als sie sah, dass es das Präsidium war, entschuldigte sie sich und zog sich in eine Ecke des Flurs zurück.

»Ja«, meldete sie sich leise.

Es war Fred Bollenkamp, der ihr das Ergebnis der DNA-Analyse der Haare und der Blutanalyse der Hose von Herrn Sicher, mitteilte.

»Das mit der Hose hatte sich schon erledigt, wird aber sicherlich bei einem Prozess als Beweisstück von tatsicherndem Beweis sein. Das andere hatte ich bereits vermutet, ist aber so ebenfalls ein eindeutiger Beweis. Vielen Dank Fred«. Thekla beendete das Gespräch.

Als sie wieder zu den beiden Männern kam, rief Tobias Walheim seiner Frau zu, die in einem benachbarten

Zimmer gerade Wäsche bügelte: »Gisela, Schatz? Kannst Du mal bitte zwei Handtücher bringen, die Kommissare haben ganz nasse Haare?«

Frau Walheim kam und hatte in jeder Hand ein frisches Handtuch, was sie eben erst von der Leine geholt hatte. »Da haben Sie sich aber auch einen ungünstigen Zeitpunkt ausgesucht«, meinte sie scherzhaft und wollte wieder zurück in das Zimmer.

»Moment mal, können Sie sich bitte einen kurzen Moment mit Ihrem Mann zu uns an den Tisch setzen? Wir hätten da mal einige Fragen in dem Fall der verbrannten Leichen«.

Frau Walheim schaute erschrocken zu Thekla und dann zu ihrem Mann. Ihr war die Sache nicht so ganz geheuer. Mit Toten hatte sie nun gar nix am Hut. Selbst zu Beerdigungen ging sie nur widerwillig.

Ihr Mann nickte, meinte aber freundlich: »Möchten Sie etwas zu trinken haben? «

Thekla nickte. »Bei der schwülen Hitze nehmen wir sehr gerne ein Glas Wasser«.

»Haben Sie eigentlich eine Waffe? « begann Thekla das Gespräch, als nun alle am Tisch saßen.

»Ja klar, wir müssen doch unser Hab und Gut sichern, außerdem gehen mein Bruder und ich manchmal auf die Jagd in dem großen Wald auf der anderen Seite des Tals am Basaltsteinbruch "Eitorf-Stein"«.

Thekla nickte, als sie meinte: »Dann haben Sie doch auch bestimmt eine Faustfeuerwaffe? « Sie stellte diese Frage, weil die Einschusslöcher der beiden Leichen auf aufgesetzte Schüsse mit einer Pistole hindeuteten.

Tobias Walheim schaute seine Frau an. Nach einiger Zeit sagte er zögerlich: »Also, das ist so, - wir hatten eine Pistole, Kaliber neun Millimeter, die hatten wir mal günstig erworben«.

»Und?« fragte Robert ungeduldig nach, »wo ist die jetzt? «

»Die hat mein Bruder, meines Erachtens zu voreilig entsorgt, als unser kleines Patenkind Lena-Marie, die Waffe im Stall gefunden hatte und damit über den Hof gelaufen kam«.

»Und? « fragte Robert erneut, diesmal aber mit etwas mehr Nachdruck, »wo hat er sie entsorgt? «

»In der Güllegrube«, rief Jens Walheim, der die Treppe hinunterkam und sich dabei die letzten Knöpfe seines Hemdes schloss. Er war in seiner oben gelegenen Wohnung und hatte duschen müssen, nachdem er vom Mähen zurückkam.

»Ach, guten Abend Herr Walheim. Ich wusste gar nicht, dass Sie auch im Haus sind«, meinte Thekla.

»Sie haben ja auch nicht danach gefragt«, meinte Gisela Walheim schnell, so als wolle sie ihren Schwager in Schutz nehmen.

»So, - also in der Güllegrube? Die Waffe müssten wir aber schon haben, um sie zu untersuchen«, meinte Robert.

Jens Walheim setzte sich nun ebenfalls an den Tisch, an dem die anderen auch saßen. Grinsend meinte er: »Wenn Sie die Waffe brauchen, dann lassen Sie mal Ihre Leute hier antanzen und die Güllegrube leer machen. Dabei wünsche ich viel Spaß, denn die Grube ist zu dreiviertel voll und wir brauchen im Moment keinen

96

Dünger für unseren Felder. Das heißt, die Scheiße kann auf Ihre Kosten entsorgt werden«.

»Herr Walheim«, meinte Thekla in einem Ton, den Robert an ihre Art zu reden erinnerte, die sie immer an den Tag legte, wenn es hochoffiziell wurde, »wie mir eben mitgeteilt wurde, ist eine der, in dem abgebrannten Heu gefundenen Leichen, Ihre Frau Magda. Die andere Leiche ist identifiziert als Alf van de Falk. Beide wurden mit einer Faustfeuerwaffe auf einem Parkplatz nahe Eitorf-Harmonie erschossen und dann in Ihrem Heuhaufen verbrannt. Wir gehen stark davon aus, dass Ihnen bekannt gewesen sein dürfte, dass Ihre Frau ihren vorläufigen Lebensunterhalt als Prostituierte verdienen musste, da Sie ja anscheinend auf Ihrem Geld sitzen.«

Jens Walheim sprang von seinem Stuhl auf und wollte gerade lospoltern, Thekla kam ihm allerdings zuvor. Sie stand ebenfalls auf und rief:

»Herr Walheim, Sie sollten nun am besten ganz genau überlegen, was Sie sagen. Ab sofort zählen Sie für uns zu dem Kreis der dringend Tatverdächtigen. Tatverdächtig des Mordes an Ihrer Frau und Herrn de Falk, wie auch

97

tatverdächtig der Vertuschung durch Brandstiftung an Ihrem eigenen Heu in Tateinheit mit versuchtem Versicherungsbetrug«.

Jens Walheim ließ sich krachend auf seinen Stuhl fallen. Er schaute fassungslos zu seinem Bruder herüber.

»Herr Jens Walheim, ich nehme Sie hiermit vorläufig fest, unter dem Verdacht, Ihre Frau Magda und Herrn de Falk aus niederen Beweggründen erschossen zu haben. Es besteht der Verdacht, dass Sie das ihr zustehende Geld einsparen wollten, da Sie das Projekt Ihrer geplanten Photovoltaikanlage scheitern sahen. Sie haben das Recht, einen Anwalt hinzuzuziehen. Alles was Sie ab jetzt sagen, kann vor Gericht gegen Sie verwendet werden«.

Robert legte dem immer noch verdutzten Mann die Handschellen um die, auf dem Rücken verschränkten Arme, an. Dieser mit einer Größe von fast zwei Metern große Mann, wirkte nun wie ein geprügelter Hund.

»Sie können Ihrem Schwager noch eine Zahnbürste und ein Handtuch einpacken«, meinte Robert in Richtung von Frau Walheim, »aber keine Nagelfeile«, fügte er noch lächelnd hinzu.

Als Thekla und Robert den Mann durch die Dämmerung zu ihrem Wagen führten, nieselte es noch etwas. Die dicken Gewitterwolken hatten sich verzogen. Tobias Walheim schaute aus der Haustür, den Arm um seine Frau gelegt, dem Wagen nach, der nun langsam durch das Hoftor hinausfuhr.

»Keine Sorge, Gisela, - es wird sich hoffentlich bald alles aufklären«, meinte er.

*

Robert führte Herrn Walheim in die Arrestzelle und entließ den Verdächtigen Kevin Sicher auf Anweisung von Thekla nach Hause. Herr Sicher bekam die Auflage, sich in der nächsten Zeit täglich auf der Polizeistation Eitorf zu melden. Thekla rief danach bei Lisa und Peter an.

»Ihr könnt jetzt die Befragungen beenden«, meldete Thekla. »Die Identität der beiden Toten steht nun nach den DNA-Analysen zweifelsfrei fest. Es handelt sich um Frau Magda Walheim und Herrn Alf de Falk«.

Lisa verabredete sich mit Peter, der gerade in Eitorf-Stein seine Befragung beendet hatte und in den nächsten

Ort wollte, in der Eisdiele an der Westerwaldstraße in Uckerath. Bei den Temperaturen war ein Eis von "oberster Stelle" genehmigt worden. Gerade bei der jetzt herrschenden Schwüle nach dem Gewitter am Nachmittag, würde die Erfrischung sehr guttun.

*

Am Folgetag waren die kriminaltechnischen Untersuchungen an der Brandstelle, an der so viele Ballen Heu vollständig abgebrannt waren, abgeschlossen. Die entsprechenden Beamten machten, wie immer bei einem Brandfall mit Verletzten oder Toten, eine letzte Abnahme des Brandortes, wobei sie noch etwas leicht schimmerndes unter der Brandasche entdeckten. Die Sonne brachte es an den Tag. Hier lag irgendetwas silbriges, das sich in der Sonne spiegelte. Mit einer mitgebrachten Mistgabel legten die Brandermittler die Radkappe eines "Lada 4x4" frei.

»Wie kommt denn eine Radkappe hierhin?«, fragten sich die Ermittler, »hier wurde doch gemäht und gepresst. Da wäre doch die Radkappe unweigerlich aufgefallen«.

»Ich glaube, die Brandstelle kann noch nicht freigegeben werden und die Fundsache muss zur weiteren Untersuchung in die KTU«, meinte der andere Kollege. »Das muss noch untersucht werden«.

*

Da die abendliche Fallbesprechung ausgefallen war, holten Thekla und ihr Team es an diesem Morgen nach. Alle saßen im Besprechungsraum des Präsidiums und Thekla begann mit ihren Ausführungen.

»Wir haben gestern Herrn Walheim vorläufig festgenommen. Er hatte eine Faustfeuerwaffe, die er angeblich in der Güllegrube seines Hofes entsorgt hat. Diese muss ausgepumpt und die Waffe sichergestellt werden, damit überprüft werden kann, ob damit das im Schädel der Leiche gefundene Projektil abgefeuert wurde. Weiterhin hat er kein Alibi für die Tatzeit des Brandes und er wusste wahrscheinlich von dem Aufenthaltsort seiner Frau in dem Wohnwagen, wo sie der Prostitution nachging. Als Motiv vermuten wir die große Summe, die er im Falle der Scheidung, hätte zahlen müssen. Herrn Sicher haben wir auf freien Fuß gesetzt, da es weder einen Nachweis, dass er eine Waffe hatte gab, noch die Möglichkeit der Leichenverbringung zum Brandort.«

Das Telefon im Besprechungsraum klingelte. Fred Bollenkamp teilte mit, dass die Kollegen der Brandermittlung soeben eine gefundene Radkappe der KTU übergeben hatten. Es würde sich um eine Kappe des Modells "LADA 4x4" handeln. Einem neueren Modell des Geländewagens.

Thekla kombinierte sofort.

»Sybille«, sprach sie die Kollegin an, die für die internen Recherchen zuständig war, »frag mal bitte beim Straßenverkehrsamt nach, wer im Raum Eitorf einen LADA neueren Baujahrs fährt«.

Sybille Salz verließ den Besprechungsraum und kehrte nach einigen Minuten zurück.

»Dieses Modell scheint nicht sehr verbreitet zu sein«, meinte sie, »es sind nur vier LADAs in Eitorf zugelassen, davon drei Stück vom Typ "4x4". Hier ist die Liste mit den Adressen«.

»Okay, ich glaube wir haben den richtigen im Arrest«, meinte Thekla, als sie die Liste sah. »Einer dieser Wagen ist zugelassen auf Tobias Walheim, einer auf Frau Tuba Jelinski aus Eitorf-Merten und einer auf Herrn Heinz Kleineisen aus Eitorf-Lascheid. Wer von Euch hatte die Befragungen in Merten und Lascheid durchgeführt?

»In Merten waren wir noch nicht«, meinte Peter Ludwig. Immerhin hat Eitorf achtundfünfzig Ortsteile«.

»In Lascheid war ich«, meldete sich Lisa und holte ihren Block, auf dem sie alle Notizen gemacht hatte, hervor.

»Gut meinte Thekla«, wir müssen die LADA-Fahrer aufsuchen und die Fahrzeuge nach fehlenden Radkappen untersuchen. Ansonsten wird uns jeder Richter dieses Indiz um die Ohren hauen. Nicht nur bei den Walheims müssen wir nachsehen, sondern auch bei den anderen. Lisa, - Du fährst mit Robert und mir die Liste ab, schließlich hattest Du die Befragung in Lascheid gemacht. Peter, - organisiere Du bitte entsprechende Leute und

103

Material, damit die Gülle bei den Walheims abgepumpt werden kann. Wir müssen die Waffe haben«.

Mit gerümpfter Nase stimmte Peter zu.

Lachend meinte Thekla, »Du musst ja nicht beim Auspumpen dabei sein«.

Robert setzte sich auf den Fahrersitz des Dienstwagens, der vom Vortag immer noch im Hof stand. Thekla setzte sich neben ihn und Lisa nahm auf dem Rücksitz Platz, wo sie sofort damit anfing die Notizen, die sie sich gemacht hatte durchzugehen. Kurz, bevor sie Merten erreicht hatten, hatte sie gefunden, wonach sie suchte.

»Hier habe ich die Notizen aus Lascheid. Der Ort ist sehr klein und nur ein Haus hatte mir die Türe geöffnet. Ein Mann machte die Aussage, er hätte nachts, als er seiner Frau eine Flasche Wasser aus dem Kühlschrank geholt hatte, in der Ferne einen Traktor fahren hören. Weiteres konnte er mir nicht sagen«.

»Wie ist der Name des Mannes? « wollte Thekla wissen.

»Das war bei Familie Kleineisen, habe ich hier notiert«.

»Kleineisen? « fragte Thekla, »die habe ich doch auch hier auf der Liste«. Thekla schaute in die Liste mit den Halteradressen der LADAs.

Robert bog in Eitorf-Bach von der Siegtalstraße nach links ab. Er überquerte die Siegbrücke und fuhr, dabei passierte er das auf der linken Seite liegende Union-Gestüt und fuhr in den Ort Merten. Das überprüfte Fahrzeug, welches auf der Liste stand, hatte alle Radkappen. Die Besitzerin Frau Tuba Jelinski gab an, dass der Wagen bereits seit zwei Wochen defekt sei und sie auf einen Mitarbeiter des Autohauses wartete. Immerhin war der Wagen noch in der zwei Jahres Garantie.

Robert fuhr weiter zum Aussiedlerhof der Walheims.

»Kommt mein Bruder jetzt endlich wieder frei? « fragte Tobias Walheim, als die Kriminalisten den Wagen verlassen hatten. Tobias hatte gerade damit begonnen, die Dachrinnen des Hauses zu reinigen. Das Gewitter vom Vortag hatte gezeigt, dass die Rinne an einer Stelle verstopft sein musste. Als er jedoch sah, dass außer den drei Kriminalisten keiner ausstieg fragte er: »Wo ist denn mein Bruder? «

»Der kriegt noch umsonst zu essen«, meinte Robert zynisch.

»Herr Walheim, fahren Sie einen Geländewagen vom Typ LADA? « fragte Thekla den von der Leiter herabsteigenden Mann.

»Da drüben, hinter dem Maishäcksler«, antwortete er und zeigte in Richtung des Fuhrparks.

Robert ging zu dem Wagen, kam aber bereits nach kurzer Zeit mit den Worten: »Alle vorhanden«, zurück.

»Wie? Alle vorhanden? Kann mich mal jemand aufklären? « meinte Tobias Walheim.

»Wir haben eine Radkappe eines LADA 4x4 an der Brandstelle gefunden und wollten nun sehen…«

Tobias unterbrach den Satz von Thekla recht barsch: »Wir haben den Wagen schon lange nicht mehr bewegt. Es gibt sehr viel hier auf dem Hof zu tun. Wir haben

Hochsaison«, er schaute in den Himmel, »schauen Sie doch mal das Wetter«.

Thekla schnaufte durch und drehte sich um. Dabei sagte sie: »Kommt, - weiter zur nächsten Adresse«.

*

Auf dem Weg nach Lascheid meldete sich Roberts Blase. Auch meinte er, er müsse ein größeres Geschäft verrichten.

»Kannst Du bitte irgendwo an einer Tankstelle anhalten? Ich müsste dringend auf Toilette«.

»Willst Du wirklich an einer Tankstelle aufs WC? « fragte Thekla.

»Wo denn sonst? «, meinte Robert, der schon kräftig seinen Drang zurückhielt.

»Wir waren doch letztens in dem schönen Café am Marktplatz. Warte noch eine Minute, dann sind wir da und können gleichzeitig ein kühles Getränk zu uns nehmen«.

Robert kniff seine Pobacken zusammen und hielt die Luft an, da er glaubte, so weniger Druck auf seinen Darm auszuüben. Er nickte nur.

Der Wagen wurde nahe des Cafés geparkt, wobei Robert sofort in Richtung des Eingangs lief und im Inneren verschwand. Lisa und Thekla setzten sich auf die vor dem Café stehenden und mit einem Sonnenschirm versehenen Stühle eines freien Tisches. In dem Moment bekam Lisa eine SMS auf ihr Smartphone. Sie schaute auf das Display und meinte genervt:

»Also, der nervt mich schon seit heute Morgen«, meinte sie.

»Was ist denn los? « fragte Thekla.

Da Robert noch nicht wieder da war und es wahrscheinlich etwas dauern würde, meinte Lisa: »solange Robert nicht da ist, kann ich es erzählen. Letzte Nacht konnte ich bei der Hitze nicht schlafen. So entschloss ich mich so gegen dreiundzwanzig Uhr noch auf ein Bier in der Eckkneipe, bei mir in Siegburg-Zange zu gehen. Als ich das kühle Kölsch fast ausgetrunken hatte, stellte mir der Wirt ein volles Glas daneben und meinte: "Das ist von dem Mann da drüben". Ich schaute in die braunen Augen eines schwarzhaarigen Typen, der mich anlächelte. Ich nickte ihm zu, wir tranken jeder noch zwei Bier und landeten anschließend bei ihm zu Hause. Da er nur zwei Häuser neben meiner Wohnung wohnte, willigte ich ein mit ihm zu gehen. Na ja, - nach kurzer Zeit ging es dann zur Sache, da ich schon länger nicht mehr mit einem Mann intim war. Er war allerdings beim Liebesspiel so wild, dass ich froh war später wieder in meinem eigenen Bett zu liegen. Mir tat alles weh, selbst heute Morgen beim Duschen noch. Also, - wenn ich daran denke, muss ich gestehen, dass mir Sex mit einer Frau doch wesentlich besser gefällt. Da geht es wenigstens zärtlich zu«.

»Wer ist zärtlich? « wollte Robert wissen, »redet Ihr wieder über mich? Wie zärtlich ich die Nackenhaare meiner Angebeteten kraulen kann? «

»Klar Robert, wenn Du nicht dabei bist, bist Du immer das Thema Nummer eins bei uns«, meinte Thekla, wobei sie mit dem Zeigefinger ihrer rechten Hand auf ihre Stirn tippte.

Als die Drei ihre Getränke, die sie bestellt und gezahlt hatten, austranken und Robert meinte: »dann gehen wir mal wieder auf Autoschau« ging er vor den Beiden her zum Auto und Thekla flüsterte zu Lisa:

»Dann schreib ihm doch per SMS, Dein Freund hätte sich kurzfristiger als geplant, von seinem Intensivkursus im Kick-Boxen zurückgemeldet. Er würde von seinem Trainingscamp schon morgen zurückkommen und er sei maßlos eifersüchtig. Auch würde er oft Dein Handy kontrollieren, weshalb es wohl besser sei, er würde die Nacht so schnell wie möglich wieder vergessen und sich nicht mehr melden«.

Die beiden Frauen kicherten los und Lisa nickte.

»Habt Ihr Euch wieder über meinen knackigen Po amüsiert? « wollte Robert wissen, der gerade die Türe am Dienstwagen öffnete.

»Träum nur weiter«, meinte Thekla lächelnd, als die Frauen ebenfalls eingestiegen waren.

*

Langsam fuhren sie von der Asbacher Straße kommend, den Berg in Richtung Lascheid hoch. Dort angekommen, steuerte Robert in die erste Straße nach rechts. "Sommerichweg" stand auf Theklas Liste und auch auf dem Straßenschild am Anfan der Straße. Noch einige hundert Meter und sie waren am Ziel.

»Ja genau«, meinte Lisa. Das ist das Haus, in dem ich die einzigen Bewohner an dem Tag der Befragung angetroffen habe.

Robert hielt am Straßenrand vor dem Einfamilienhaus und alle drei stiegen aus. Bereits vor der Türe stehend, hörten sie drinnen lautes Kindergeschrei, das jedoch als Lisa klingelte verstummte. Eine schlanke, dunkelhaarige Frau öffnete die Türe. Sofort lugte auch ein kleines Mädchen zwischen Türe und der Frau heraus.

»Guten Tag, Kriminalpolizei Siegburg, Thekla Sommer, das hier sind meine Kollegen Drollig und Hanf. Sind Sie Frau Kleineisen? « stellte sich Thekla vor.

»Ja, - was gibt es? Ist was mit meinem Mann? «

»Nein, keine Sorge, ich war vorgestern schon mal hier und habe Ihren Mann befragt, wegen des Heubrandes unten im Tal«, sagte Lisa beruhigend.

»Mein Mann ist gerade nicht da. Er ist in Eitorf und holt Material für die Terrasse, die wir neu machen. Kommen Sie doch bitte rein«.

Frau Kleineisen öffnete die Türe nun weit auf und die drei Kriminalisten betraten die kleine Diele, wonach die nette Frau ins Wohnzimmer vorging und alle folgten.

»Habt Ihr auch Pistolen? « wollte das kleine vorwitzige Mädchen wissen.

»Ja, haben wir. Wie im Fernsehen«, meinte Robert lächelnd.

»Zeig mal«, meinte die Kleine.

»Also Sophie, sowas kann man doch nicht einfach sagen«, rief die Mutter, wobei sie die Kleine am Arm zu sich zog. »Geh mal schön in Dein Zimmer spielen. Der Papa kommt auch gleich.«

»Tschüss«, rief die kleine Sophie, die lachend in ihr Zimmer lief.

»Tschüss«, rief auch Lisa, die dem Mädchen hinterher winkte.

»Goldig die Kleine, - wie alt ist sie? « fragte Thekla.

»Gerade fünf geworden. Was wollen Sie denn von meinem Mann? « fragte Gisela Kleineisen.

»Ach«, fing Lisa nun an Thekla einmal zu zeigen, dass auch sie ermitteln konnte, »Ihr Mann hatte mir erzählt, er hätte in der Nacht des Brandes eine Flasche Wasser aus dem Kühlschrank geholt, worum Sie ihn gebeten hatten, als sie wegen der Hitze im Haus nicht schlafen konnten. Wir wollten unter anderem nur noch mal die Uhrzeit abfragen«.

»Das war so«, - überlegte Frau Kleineisen kurz, »als die Sirenen gingen bin ich wach geworden und mein Mann kam gerade von der Arbeit. Er hatte, wie er mir bereits vorher telefonisch mitgeteilt hatte, in der Firma noch eine längere Besprechung. Ich hörte die Haustüre ins Schloss fallen und rief ihm aus dem Schlafzimmer zu, er möge mir bitte eine Flasche Wasser mit nach oben bringen. Die Uhrzeit weiß ich leider nicht, - aber die Alarmzeit lässt sich doch sicher leicht bei der Feuerwehr nachfragen«.

Vor der Türe hielt ein Wagen an.

»Fahren Sie einen LADA 4x4? « wollte Robert wissen.

»Ja, - einen Geländewagen. Den braucht mein Mann, um hier auch schon mal über die Wiesen und durch den Wald zu fahren. Er ist bei der Landwirtschaftskammer Rheinland und muss hin und wieder Grundstücksgrenzen überprüfen. Fragen Sie ihn am besten selber, was er da genau macht. Ich habe das Auto gehört«.

Frau Kleineisen öffnete die Haustüre und sah ihren Mann aufs Haus zukommen. Sophie hatte ihren Vater ebenfalls gehört und stürmte mit ausgebreiteten Armen hinaus auf ihren Vater zu. Dieser breitete ebenfalls seine Arme auseinander, bückte sich und fing die Kleine auf, wobei er sich aufrecht stellte und sich um die eigene Achse drehte.

»Hallo mein kleiner Sonnenschein«, begrüßte er seine Tochter. Danach sah er seine Frau und die drei Kriminalbeamten.

»Ah, - Besuch, - wie schön. Sie kenne ich doch, oder? Waren Sie nicht vorgestern schon mal hier? « sagte er, als er Lisa sah.

Robert entfernte sich von den beiden Kolleginnen, die sich an der Haustüre aufhielten und ging zu dem Wagen, mit dem Herr Kleineisen eben angefahren kam, um zu prüfen, ob alle Radkappen daran seien.

Thekla schaute ihm nach und sah, dass Robert mit seinem Kopf nickte, als er sich den hinteren vom Haus abgewandten linken Reifen anschaute. Nun wusste sie genau Bescheid. Es würde eine ernsthafte Vernehmung beginnen.

»Ein schönes Auto nicht wahr? « fragte Heinz Kleineisen, als Robert wieder bei den Wartenden ankam, »kann ich nur empfehlen«.

»Kann ich mir denn mal den Kofferraum ansehen, ob er groß genug ist für dass, wofür ich ihn brauchen würde«.

»Na klar, kommen Sie ich zeige es Ihnen. Da bekommt man, wenn Sie die Rücksitzlehne umlegen jede Menge rein«, meinte Herr Kleineisen und grinste freudig. Er ging in Richtung seines Wagens und Robert, als auch Thekla und Lisa folgten ihm. Nach Öffnen der weit nach oben schwingenden Heckklappe und Umlegen der Rücksitze, meinte Herr Kleineisen, »groß genug? «

»Um zwei Leichen zu transportieren bestimmt«, kommentierte Robert die Frage.

Der Wagenbesitzer erstarrte. »Wieso wollen Sie Leichen transportieren? « fragte er.

Thekla, die nun seitlich vom Wagen stand und nun auch sah, dass eine Radkappe fehlte, meinte: »Da fehlt ja eine Radkappe. Haben Sie einen solch wilden Fahrstil? «

»Ach ja, die Radkappe, die habe ich gestern bei dem LADA Händler in Hennef neu bestellt. Wahrscheinlich habe ich sie im Wald bei meinen Kontrollfahrten verloren«.

»Ich glaube«, meinte Thekla zu dem jetzt unsicher wirkenden Mann, der den Kofferraum wieder geschlossen hatte und sich bereits auf dem Rückweg zu seiner wartenden Frau und der Tochter befand, »Sie brauchen keine neue zu kaufen. Wir haben die Radkappe gefunden«.

»Lassen Sie uns wieder ins Haus gehen«, meinte er, nachdem er sich umgeschaut hatte und Nachbarn vor deren Haus sah und zu seiner Tochter meinte er: »Geh Du mal in Dein Zimmer und hol schon mal die LEGOs raus. Papa kommt gleich mit Dir spielen«.

»Ich will aber hierbleiben«, trotzig umklammerte Sophie ein Bein ihrer Mutter.

»Du machst jetzt was ich sage«, fauchte Heinz Kleineisen seine Tochter an, die nun weinend ins Haus lief.

»Was ist denn mit Dir los«, meinte Frau Kleineisen sehr erschrocken, die einen solchen Ton von ihrem Mann gegenüber der Tochter nicht kannte.

Thekla merkte, dass es nun ernst wurde und schaute Robert und Lisa an. Diese merkten augenblicklich die nonverbale Andeutung und wussten, dass sie jetzt ein besonderes Augenmerk auf das Verhalten von dem Mann legen müssten.

In der Wohnung angekommen setzte sich der Mann an den Tisch im Esszimmer, welches sich in einem separaten Bereich des großen Wohnzimmers befand. Lisa, Thekla und die Ehefrau des Mannes, setzten sich auf die drei verbliebenen Stühle am Tisch. Robert blieb schräg hinter Herrn Kleineisen stehen.

117

»Schmauchspuren«, log Robert, »lassen sich anhand Laboruntersuchungen auch noch Tage nach Benutzung einer Pistole an den Händen feststellen«.

Kleineisen zuckte zusammen.

»Und ausgewaschenes Blut ist in einem Kofferraum, unter UV-Licht immer sichtbar. Außerdem dürfte es nicht schwer sein nachzuweisen, dass die von uns an der Brandstelle gefundene Radkappe, Ihrem Wagen zuzuordnen ist. Unsere Experten der KTU haben da Mittel, von denen kaum einer weiß«, fügte Lisa hinzu. Heinz Kleineisen blickte die ganze Zeit mit gesenktem Kopf auf die Tischplatte. Nun jedoch hob er den Kopf und seine Frau sah, dass er lautlos zu weinen begonnen hatte. Frau Kleineisen sah die Augen voller Tränen und den hilflosen Ausdruck in seiner Mimik.

»Was hast Du gemacht? Was ist geschehen? «, fragte sie.

Es platzte aus Heinz Kleineisen heraus, wie das Mineralwasser aus einer kohlesäurehaltigen Flasche, die man schüttelte und nun ruckartig öffnete. Heftig weinend gestand er seiner Frau. »Ich habe das alles doch nur gemacht, um unsere heilige Familie, insbesondere aber unser Engelchen Sophie, zu schützen.

In diesem Moment klingelte Theklas Handy. Völlig entnervt schaute sie auf das Display und sah, dass Alfred Bollenkamp anrief.

»Nicht jetzt«, sagte sie, gespannt auf ein Geständnis, welches Herr Kleineisen gerade ablegen wollte. Sie reichte das Handy weiter an Robert mit den Worten: »Geh mal ran, es ist Fred«. Sofort richtete sie ihre Aufmerksamkeit wieder auf das, was Herr Kleineisen seiner Frau berichtete.

»Ich war es«, beichtete er nun, »der die Beiden im Wohnwagen erschossen hat und später, nachdem ich den Parkplatz verlassen und nachgedacht hatte, wieder dahin zurückkehrte, um die Leichen zu entsorgen. Ich wollte doch den Tod der Beiden wie Selbstmord aussehen lassen und habe sie deshalb da unten bei Mühleip im Heu verbrannt. Ich wusste, dass verbrannte Leichen eigentlich nicht mehr zu identifizieren sind«.

»Aber warum? Warum nur hast Du das gemacht? «, fragte seine Frau Sabine Kleineisen nach.

Robert beendete das Telefonat mit Alfred Bollenkamp. Er hatte erfahren, dass Spezialisten der IT-Abteilung die Zugangssperre zu den Dateien auf dem sichergestellten Laptop umgehen konnten. Darauf fanden sie hunderte Dateien mit pädophilen Inhalten. Er beugte sich hinunter an Theklas rechtes Ohr und flüsterte, in wenigen Worten, ihr das eben von Fred erfahrene, zu.

Schlurzend und mit Tränen überzogenem Gesicht erzählte Herr Kleineisen weiter: »ich hatte erfahren, dass Frau Walheim, wir hatten sie letztes Jahr auf der Eitorfer Kirmes im Festzelt kennengelernt, in einem Wohnwagen zwischen Harmonie und Bach anschaffen würde. Neugierig geworden, bin ich dahingefahren und sie öffnete die Wohnwagentüre. Sie war genauso verwundert wie ich, da sie mich sofort wiedererkannte. Als sie mich hereinbat, lehnte ich ab. Ich wollte ja schließlich nicht als Kunde zu ihr, sondern lediglich meine Neugierde befriedigen. Ich schaute an ihr vorbei in das Innere des Wohnwagens. Dabei erkannte ich ein auffälliges Muster auf einer kleinen Eckbank und ein gekritzeltes Herz mit Pfeil an der Wand«.

Er unterbrach seinen Redefluss und fragte seine Frau nach einem Glas Wasser.

Thekla jedoch forderte den Mann auf weiterzureden, da sie wusste, dass bei einem Geständnis jede noch so kleine Unterbrechung des Redeflusses schadhaft sein kann, da dabei das Gehirn sofort versucht, das Gesagte zu relativieren.

Frau Kleineisen stellte schnell ein gefülltes Wasserglas vor ihren Mann, der es in einem Zug ausleerte. Dann erzählte er weiter:

»Vorgestern zeigte mir ein Kollege im Büro den Internetaufruf der Polizei, man möge sich doch melden, wenn man Kleinigkeiten auf Bildern erkennen würde, die aufgrund von Fahndungsmaßnahmen veröffentlicht wurden. Es war gepixelt zu sehen, wie ein kleines Mädchen genötigt wurde, einen nackten Mann anzufassen. Das Mädchen sah unserer Sophie so ähnlich, nur mit blondem statt dunklem Haar, dass ich einen Faustschlag in der Magengrube fühlte. Was ich aber auch gesehen habe, war dieses bunte Muster einer Eckbank und die gekritzelten Merkmale an der inneren Wand eines

Wohnwagens. Es waren genau die, die ich einige Zeit zuvor bei der Walheim im Wohnwagen gesehen hatte. Noch am gleichen Nachmittag zog ich am Bankautomaten mehrere hundert Euro und fuhr in das Bahnhofsviertel nach Köln. Es war ganz leicht sich in kürzester Zeit eine Waffe auf dem Schwarzmarkt zu besorgen. Voller Hass und völlig angewidert von dem, was ich gesehen hatte, raste ich über die Autobahn und dann durchs Siegtal. Immer mehr wuchs das Verlangen, dieses menschenverachtende und grausame Spektakel zu unterbinden. Solche Schweinereien würden die nicht mehr machen. Schon gar nicht mit unserer Tochter. Den Rest kennst Du«.

Er sah seine Frau immer noch hilfesuchend an.

»Gisela, - verzeih mir«.

Thekla und Robert traten nah an Herrn Kleineisen heran, der nun von seinem Stuhl aufgestanden war.

»Herr Kleineisen«, sagte Thekla, »ich nehme Sie fest wegen dem Mord an Magda Walheim und Alf de Falk. Alles was Sie jetzt sagen, kann gegen Sie verwendet werden. Sie haben das Recht, sich einen Anwalt zu nehmen.

Sie führten Herrn Kleineisen, einer am rechten, einer am linken Arm festhaltend, in Richtung des Dienstwagens auf dessen Rücksitzbank er neben Lisa Platz nehmen sollte. Als der Wagen losfuhr, winkte er noch einmal seiner in der Türe stehenden Frau zu. Sophie hatte sich aus ihrem Zimmer geschlichen und winkte ebenfalls dem abfahrenden Auto nach.

Nachdem sie im Polizeipräsidium Siegburg angekommen waren, wurde Herr Kleineisen in eine Arrestzelle im Untergeschoss gebracht. Herr Jens Walheim wurde aus einer anderen Arrestzelle geholt und freigelassen.

Bei der abendlich stattfindenden Fallbesprechung dankte Thekla dem Team für ihren anstrengenden Einsatz zur Lösung des Falles. Gerade auch wegen der zurzeit herrschenden Temperatur des heißen Sommers. Mit den Worten: »Genießt den Abend und kühlt Euch etwas ab«, beendete sie die Besprechungsrunde.

E N D E

Bisher erschienen in dieser Reihe:

Mord in Siegburg

Der *erste* Fall der Kommissarin Thekla Sommer

Mord in Bornheim

Der *zweite* Fall der Kommissarin Thekla Sommer

Mord in Rheinbach

Der *dritte* Fall der Kommissarin Thekla Sommer

Mord in Sankt Augustin

Der *vierte* Fall der Kommissarin Thekla Sommer

Mord im Bonner "Regierungsviertel"

Der *fünfte* Fall der Kommissarin Thekla Sommer

Mord in Siegburg-Zentrum

Der *sechste* Fall der Kommissarin Thekla Sommer

Mord in Wesseling

Der *siebte* Fall der Kommissarin Thekla Sommer

Mord in Hennef/Sieg

Der *achte* Fall der Kommissarin Thekla Somme

Mord in Eitorf

Der *neunte* Fall der Kommissarin Thekla Sommer

Demnächst erscheint in dieser Reihe:

Mord im Siebengebirge

Der *zehnte* Fall der Kommissarin Thekla Sommer

Über den Autor:

Geboren 1958, in der Zeit des Wirtschaftswunders, verbrachte er seine Kindheit, mit zwei Schwestern und zwei Halbbrüdern, in Siegburg und dem ländlichen Windeck. Geprägt von dem idyllischen Umfeld, fühlte er sich in der Stadt nie so recht wohl und er suchte sein soziales Umfeld meist in ländlichen Regionen, wie Rheinbach, Meckenheim, Bornheim oder Herchen/Sieg.

Bereits im jungen Erwachsenenalter fing er an, seine Gedanken schweifen zu lassen und niederzuschreiben. Am Anfang war es mal ein Kinderbuch oder philosophische Zeilen. Als zertifizierter Psychologischer Berater folgte ein psychologisch/spirituelles Werk.

Seit einiger Zeit entspringen Krimis (aus dem Rhein-Sieg-Kreis und dem Rheinland) seinen Gedanken und dem Werk seiner Phantasie. Hier legt er aber besonderen Wert auf umfangreiche, historische Recherche hinsichtlich der Schauplätze seiner Handlungen.